STEINKIND

Robert Haasnoot

STEINKIND

Roman

Aus dem Niederländischen
von Christiane Kuby

BERLIN VERLAG

Die deutsche Übersetzung wurde ermöglicht durch die freundliche Unterstützung des Nederlands Literair Productie- en Vertalingenfonds.

Die Originalausgabe erschien 2002 unter dem Titel *Steenkind* bei Uitgeverij de Geus, Breda, Niederlande | © 2002 Robert Haasnoot | Für die deutsche Ausgabe © 2005 Berlin Verlag GmbH, Berlin | Alle Rechte vorbehalten | Umschlaggestaltung: Nina Rothfos und Patrick Gabler, Hamburg | Typografie: Renate Stefan, Berlin | Gesetzt aus der Spectrum MT durch psb, Berlin | Druck und Bindung: Ebner & Spiegel, Ulm | Printed in Germany 2005 | ISBN 3-8270-0538-8

Die Paarung findet meistens während des Brautflugs in höheren Sphären statt, aber auch auf Zweigen von Bäumen und Sträuchern oder sogar im Nest, sodass wir irdischen Geschöpfe alles mit beiden Beinen auf dem Boden studieren können.

Erlebniswelt Dünen, eine Ausgabe des Vereins für Natur- und Umweltunterricht, Abteilung Leiden

Für Sasha

I

SIE REDEN UND LACHEN unten in der Küche. Sie haben vergessen, dass es mitten in der Nacht ist. Vor dem Fenster lauert die alte Eiche. Es mag eine stille Sommernacht sein und warm bis in die tiefsten Kaninchenhöhlen, doch das Meer ist nicht weit. Mit seinen Wellen gelingt es ihm von Zeit zu Zeit, eine Brise über den Küstenstreifen zu schieben. Über das Dorf und die Ländereien hinaus, die ganze Strecke bis zu unserem Haus am Rand der Dünen.

Genau darauf hat die Eiche gewartet, und auf der Stelle fängt sie an, sich zu regen. Mit ihren Zweigen klopft sie an das Schlafzimmerfenster.

Schade, dass man den Baum nicht umhacken kann. Vater will es nicht. Ihn stört das Klopfen nicht, er schläft auf der anderen Seite. Tagsüber gibt die Eiche sich für einen alten Mann aus, der das Haus an seine Brust drücken möchte, doch kaum ist die Sonne untergegangen, streckt er seine Klauen nach dem Schlafzimmer aus; sein riesiger Schatten rüttelt an den Wänden.

Ich sollte mir nichts daraus machen. Ich bin alt genug, die Baumkrone selbst zu stutzen, wenn Vater es nicht tut. Man beugt sich aus dem Fenster und sägt alle Zweige ab, die zu weit vorstehen. Vielleicht ist jetzt nicht die richtige Jahreszeit, der Baum ist eine Wintereiche, aber das ist dann eben Vaters eigene Schuld. Ich habe ihm oft genug damit in den Ohren gelegen, doch jedes Mal, wenn er verspricht, den Baum zu stutzen, schaut er weg und streicht sich mit der Hand übers Kinn, was er immer tut, wenn er lügt.

Die Stimmen unter mir gehen auf und ab, doch die dicken Holzdielen lassen kein verständliches Wort durch. Und wieder klopfen die Zweige ans Fenster ... Wenn man einer Katze auf die Sohlenballen drückt, fährt sie die Krallen aus. Das habe ich einmal bei Tante Dien gesehen, als sie ihrer Kitty beim Krallenstutzen einen Nagel aus Versehen zu weit abschnitt. Die Katze kreischte wie ein Baby, fauchte und wand sich, aber Tante Dien gab nicht nach.

Ich werde mich so weit wie möglich aus dem Fenster lehnen und den Zweigen ins Leben schneiden. Ich werde den Baum ordentlich zum Schreien bringen.

Ob sie eigentlich irgendwann auch mal ins Bett gehen, oder was? Stijn schläft bestimmt schon. Ich habe ihn nicht heimkommen hören.

Aus dem Schlafen wird nichts, auch weil ich heute Mittag am Parrelsee in den Dünen lange gedöst habe. Die Sonne schien grell aufs Wasser, und davon werden die Augen müde. Später wird einem übel und man bekommt rasende Kopfschmerzen, stundenlang; vielleicht der Anfang von einem Sonnenstich.

Die Hitze ist immer noch in meinem Körper. Mit der Decke wedeln hilft. Ich puste über den Schweiß auf meiner Brust und sehe wieder die Mantelmöwe von heute Mittag vor mir, die so schön über das Meer hinstrich und einen Fisch fallen ließ, keine zehn Meter entfernt von der Stelle, wo ich saß. Die Möwe machte noch kehrt, aber der Fisch war schon in die Tiefe geflüchtet und ließ immer breiter grinsende Kreise auf dem Wasser zurück.

Die Zweigschatten auf der Tapete stellen sich tot. Mal sehen, was passiert, wenn ich röchle und so tue, als wollte ich sie anspucken. Aber da schlägt die Küchentür zu und ich höre Vater und Mutter im Garten. Ich kann plötzlich jedes Wort verstehen, als wären sie direkt vor dem halb offenen Fenster. Mutter kichert: »Aber ich bin noch …«

»Was?«

»Pst! Nicht so laut.«

Vater sagt etwas über das Meer und dann wohl etwas Witziges, denn Mutter lacht schallend, die Nacht erschrickt bis in die fernsten Winkel.

»Schmutzfink.«

Was da unten im Garten passiert, geht mich nichts an. Trotzdem klettere ich aus dem Bett und gehe zum Fenster, stecke den Kopf durch einen Spalt zwischen den Vorhängen. Der Mond steht hell und tief über den Dünen, nicht mehr weit vom Meer. Vater und Mutter gehen zum Klinkerweg, der am Haus entlangführt, sie haben einander den Arm um die Taille gelegt. Mutter lehnt sich an Vater und legt den Kopf an seine Schulter. Sie ist barfuß; kokett lässt sie ihre Sandalen gegen ihre Hüfte baumeln. Hat sie getrunken?

Vater sucht Mutters Mund. Ich will es nicht sehen, aber ich kann nicht weggucken.

Hand in Hand gehen sie weiter. Vater beginnt zu singen, als sie den kurzen, steilen Hang hinaufgehen, Mutter kichert wieder, und dann kann ich sie nicht mehr erkennen.

Geht nur. Ich gehe schlafen.

Ich krieche wieder ins Bett, und als ich die Augen zumache, laufe ich ihnen in Gedanken nach. Schau, sie streiten sich; so geht das oft. Im einen Moment tun sie schrecklich verliebt, und im nächsten liegen sie sich in den Haaren. Ich stelle mir vor, dass Mutter sich losreißt und allein in die Dünen läuft. Vater ist beleidigt, doch Mutter kümmert sich nicht darum, sodass ihm nichts anderes übrig bleibt, als starrköpfig auf dem Weg weiterzugehen. In meiner Vorstellung lasse ich ihn bis zur Straße nach Warsenhout gehen, die lebensgefährliche Straße, auf der letztes Jahr der Vater von Reinoud aus meiner Klasse totgefahren wurde.

Morgen müssen die Zweige dran glauben. Dafür werde ich schon sorgen.

DAS NÄCHSTE, WORAN ICH MICH ERINNERE, ist eine Hand, die an meiner Schulter rüttelt. Ich höre Stijn rufen, ich solle aufwachen, und drehe mich zu seiner Stimme um.

»Weißt du, wo sie geblieben sind?«

»Was?«

»Papa und Mama. Wo sind sie?«

Aufwachen ist, als kröche man aus einem totenstillen See, das Wasser des Schlafs noch im Mund. Erst glaube ich, ich habe verschlafen, in der Schule ist der Unterricht in vollem Gang, ohne mich, bis mir einfällt, dass ich ja von der Schule erlöst bin. Ich sehe das Gebäude am Sluisweg vor mir, die leeren Gänge, die stillen Klassenräume mit den Stühlen auf den Bänken. Sommerferien. Stijn hat auch frei. Noch. Dies ist seine letzte Woche, Montag muss er wieder in der Werkstatt anfangen.

Worüber regt er sich so auf? Vater braucht Mutter wahrscheinlich im Laden, oder sie macht Einkäufe. Sie wird gleich zurückkommen. Wenn Stijn Hunger hat, soll er sich doch selbst Frühstück machen.

»Ich komme gleich.«

»Alles steht noch von gestern Abend da. Ich war im Geschäft, aber da ist keiner.«

Stijn steht unschlüssig neben meinem Bett, doch bevor ich etwas sagen kann, geht er aus dem Zimmer.

Vater und Mutter sind heute Nacht nicht nach Hause gekommen.

Ich trete die Decke von mir, und um einen klaren Kopf zu bekommen, reibe ich mir die Wangen. Erst mal unten nachschauen. Alles wird wieder gut, bestimmt, und dann habe ich später was Spannendes zu erzählen. Von jetzt an muss ich furchtlos auftreten, das ist wichtig. So furchtlos wie Jim Wells, der Detektiv aus *Im Herzen von Chicago*. »Furchtlos und kaltblütig«, so kündigt die Hörspielstimme ihn immer an, und dann wirbelt die Musik wie ein Blaulicht.

Im hinteren Zimmer sind die Vorhänge geschlossen. Auf dem Tisch sehe ich eine Schüssel mit Apfelsinenschalen und einem Kartoffelschälmesser. Mutters Schultertasche aus Lackleder steht unter einem Stuhl. Auf dem Fußschemel vor dem Gasofen liegt das Damebrett mit der Schlussstellung der Partie von gestern Abend, bei der Schwarz mit offenen Augen in alle meine Fallen tappte.

In der Küche entdeckt mein Späherauge ein noch größeres Durcheinander. Schmutziges Geschirr im Spülbecken, leere Flaschen. Ein Weinglas, in dem ein Korken schwimmt, ein Teller voller Kippen. Überall Gegenstände, die sich dafür schämen, was sich gestern Nacht im Dunkeln abgespielt hat.

»Ich kapier das nicht«, sagt Stijn seufzend. »Hast du etwas gesehen oder gehört?«

»Ich habe gehört, wie sie weggingen. Du hast schon geschlafen.«

»Wie spät war – nein, lass nur.«

Stijn weiß, dass ich eine Leseschwäche und auch Schwierigkeiten mit der Uhrzeit habe.

»Sie gingen den Weg zu den Dünen runter. Fröhlich waren sie. Und sie taten ein bisschen verliebt.«

Das Letzte sage ich nur vor mich hin, mehr darf ich nicht verraten. Es ist schon schlimm genug, wenn Vater und Mutter dahinterkommen, dass ich sie gestern Nacht belauscht habe.

»So, in die Dünen. Diese Kindsköpfe!«

Stijn hält mich für alt genug, alles über »in die Dünen gehen« zu wissen, das verrät sein Blick. Er geht zum Fenster und blickt zum Wasserturm hinüber. »Ich weiß es auch nicht«, sagt er schließlich. Er nimmt einen Stuhl und stellt erst den einen und dann den anderen Fuß darauf, um die engen Hosenbeine seiner Jeans über die Schäfte seiner spitzen Stiefel zu ziehen. Er kriegt ein rotes Gesicht davon.

»Ich gehe zur Polizei. Du bleibst hier«, kommandiert er. »Es muss jemand zu Hause sein, für den Fall, dass.«

Für den Fall, dass Vater und Mutter auf einmal wieder auftauchen. Mit Tröten, Luftschlangen und Festhütchen, weil es etwas zu feiern gibt, das Stijn und ich total vergessen haben. Für den Fall, dass ein Polizist klingelt und fragt, ob er kurz mal reinkommen darf.

»Klar warte ich«, sage ich.

Auf dem Weg zur Hintertür tritt Stijn fest mit den

Stiefeln auf, denn er hört gern hackenknallend, wie stark er ist. Im Vergleich zu ihm bin ich ein mageres Kerlchen. Rötliches Haar, bleiche Wimpern, eine blasse Haut und gerade mal eins vierundfünfzig groß – viel größer werde ich auch nicht, sagt Doktor Verdriessen. Sogar aus dem Gras kann Stijn Geräusche stampfen, das ganze Stück bis zum Schuppen. Ich bleibe am Fenster stehen, bis ich ihn mit der blauen Kreidler herauskommen sehe. Beim Antreten des Mopeds lässt er den Motor lange heulen, dann rast er davon.

Angeber. Mit seinen kurzen strohblonden Haaren ähnelt er nicht die Bohne den Popsängern und Beatmusikern auf den Postern in seinem Zimmer. Langhaarige Gammler, sagt Vater. Langes Haar steht Stijn nicht.

Ich setze mich an die andere Seite des Tisches, aus der Sonne. »Natürlich, klar warte ich«, wiederhole ich.

Der Wasserhahn tropft. Ich nehme das umgefallene Weinglas, angle den Korken raus und lege ihn mir auf die Hand. Ich schließe und öffne die Finger, immer wieder. Wasser sammelt sich im Hahn. Ein Tropfen wird zu schwer und zerplatzt im schwarz-weiß gewürfelten Steinspülbecken, aber nicht in dem Moment, wo ich es erwarte, das geschieht nie. Aus Versehen lasse ich den Korken auf den Fußboden fallen.

Als ich mich bücke, sehe ich einen schwarzen BH auf einem Stuhlsitz. Auf dem Boden liegt eine schwarze Unterhose.

Ich hebe die Unterwäsche hoch und drücke sie ans Gesicht, stecke sie dann schnell weg. Bevor Mutter heute

Nacht fortging, hat sie BH und Slip ausgezogen, wie eine Straßendirne, die sich kichernd in die Dünen locken lässt … Aber so etwas darf ich über Mutter nicht denken, *Straßendirne* ist ein Wort, das sie mit angewiderter Miene ausspricht. Ich denke an Jim Wells, der sich in der letzten Folge aus Versehen im stockdunklen Keller eines Gangsterhauses eingeschlossen hat, und ich spreche ihm nach: »Es gibt eine Spur«, sage ich – die Spur der Unterwäsche, die ins große Schlafzimmer führt. Stijn ist vorläufig weg. Ich habe das Reich für mich alleine.

Tropfen von Hochglanzfarbe hängen wie glänzende Tränen an der Tür des großen Schlafzimmers. Mutters geheime Kleidungsstücke habe ich erst mal in meinem Zimmer versteckt, in der Schublade des Nachttischs. Ich horche auf dem Flur, ob es unten noch still ist. Meine Hand liegt schon auf der Türklinke und drückt sie runter.

Lass das. Einen Moment wage ich nicht, mich zu bewegen. Die Fenster stehen offen und ein Luftzug streift mein Gesicht. Ich setze einen Fuß über die Schwelle, ziehe ihn aber erschrocken zurück, als unten das Telefon läutet. Dreimal klingelt es, dann ist es still.

Rasch schließe ich die Schlafzimmertür und gehe zur Treppe. *Komm der Räuberhöhle nicht zu nah, Mister. Wie ein geölter Blitz fort von hier, Jim.* In der Eile stolpere ich fast über den Treppenläufer.

Unten setze ich mich wieder an den Küchentisch. Am liebsten würde ich das Durcheinander von gestern Abend aufräumen, aber es kann sein, dass Stijn gleich mit einem Polizisten zurückkommt, und dann darf man nichts angefasst haben. Dass ich Mutters Unterwäsche gefunden habe, muss ich geheim halten. Wenn sie wieder zu Hause ist, nehme ich den BH und den Slip aus dem Nachttisch und stecke sie schnell in den Wäschekorb. Mutter wird sie natürlich gleich suchen, aber sie tauchen erst auf, wenn sie das nächste Mal Wäsche macht. Ich muss dafür sorgen, dass ich dabei bin, wenn sie den Wäschekorb leert, und sie lange anschauen, damit sie versteht, dass ich es bin, der ihre Schmach getilgt hat. Sie senkt die Augen. Ich flüstere, dass alles in Ordnung ist. »Es bleibt unter uns.«

Nichts anfassen. Das Durcheinander in der Küche und die Stille im Haus machen mich ganz rappelig. *Räuberhöhle.* Ich will nach draußen, ins blitzblanke Licht.

»Ich warte nicht länger. Rutsch mir den Buckel runter!«

Auf Zehenspitzen schleiche ich zur Hintertür und drücke sie vorsichtig hinter mir zu, dann laufe ich los. Ich renne durch den Garten zum Klinkerweg, den steilen Hang hinauf, wo Radfahrer bei starkem Wind absteigen und hinter dem Vater und Mutter gestern Abend verschwunden sind. In meinem Kopf flüstern Stimmen wild durcheinander – bis ich merke, dass ich, statt wie sonst beim Wasserturm in die Dünen zu gehen, wie von selbst dem Weg an den Ländereien entlang folge. In der Ferne kann ich schon die stark befahrene Straße nach Warsenhout sehen. Die Straße, die Tod und Verderben bringt.

Was habe ich gestern Nacht geschehen lassen?

Die Ländereien dampfen in der Sonne. Ich senke den Kopf und schlendere zurück. Doch noch in die Dünen.

Als ich später, gegen Mittag, wieder nach Hause komme, sind Vater und Mutter immer noch nicht da. Stijn sitzt mit finsterem Gesicht in Vaters Sessel vor dem Büfett und dreht sich eine Zigarette.

»Und?«, frage ich ängstlich. »Was hat die Polizei gesagt?«

Stijn nimmt sein Benzinfeuerzeug aus der Hosentasche und sorgt dafür, dass die Zigarette ordentlich brennt, bevor er mir antwortet. »Ich habe sie als vermisst gemeldet, das ist alles.«

»Suchen sie sie dann nicht?«

»Wo sollten sie denn suchen?« Stijn kaut den Rauch beim Reden. »Erzähl doch mal von gestern Abend, Wout. Was haben sie getan, worüber haben sie geredet?«

Ich stammle, dass ich sie nicht gut verstehen konnte. Dass sie einander den Arm um die Taille gelegt, und ja, dass sie sich auf dem Weg geküsst haben, ganz lang.

Jetzt habe ich es erzählt. Aber mehr sage ich nicht.

»Hör zu«, sagt Stijn leise, »wir müssen mit allem rechnen. Verstehst du, was ich meine? Es könnte sehr gut sein, dass Papa und Mama, dass sie ...«

Er schluckt ein paar Mal, doch er bringt den Rest des Satzes nicht über die Lippen und schaut schnell woanders hin.

Das will ich nicht sehen. Nicht bei Stijn.

Ich bin auf einmal sehr müde.

»Ich gehe mal nach oben.«

Ich flüstere es. Das darf ich mir nicht angewöhnen, denke ich beim Verlassen des Wohnzimmers. Tagsüber zu schlafen.

AM SPÄTEN NACHMITTAG ruft die Polizei an, wir sollen vorbeikommen. Sie sagen nicht warum. Kurz darauf sind Stijn und ich auf dem Platz vor dem Revier an der Voorstraat. Wir stellen die Kreidler an die Mauer und gehen zum Eingang, halten das Gesicht vor das Gitterfenster in der Tür. Stijn fährt sich schnell mit dem Kamm durchs Haar; ich stecke den Kieselstein, den ich während der ganzen Fahrt in der Faust hielt, in die Hosentasche.

Ein Polizist macht auf, und als Stijn seinen Namen sagt, spitzt er die Lippen, als wolle er zu pfeifen anfangen. Wir folgen ihm durch die Diele des großen Reederhauses in das Zimmer des Wachtmeisters, wo es nach Bohnerwachs und Zigarrenrauch riecht. Stijns Stiefel klacken zögernd über den Fußboden.

Der Wachtmeister drückt seine Zigarre aus und beugt sich über einen glänzenden Holztisch, um uns die Hand zu geben.

»Setzt euch. Ich möchte euch etwas zeigen, Jungs.«

Schwungvoll stellt er eine weiße Plastiktüte auf den Tisch. Ich huste ein paar Mal und zwinkere mit den Augen, damit sie nicht starr werden, sollte etwas Schreckliches zum Vorschein kommen. Die Plastiktüte sinkt in sich zusammen und atmet knisternd aus, doch dann dreht der Wachtmeister sie mit einem Ruck um. Kleider fallen auf die Tischplatte, ein Schuh stößt einen Schreibzeughalter um, Bleistifte und Füller prasseln auf das spiegelglatte Holz und rollen zum Tischrand, fallen auf den Teppich, direkt vor unsere Füße.

»Das sind ihre Kleider!«, ruft Stijn.

»Bist du ganz sicher?«

»Absolut.«

»Wollt ihr Kaffee?«

»Wie kommen Sie an die Kleider?«

Der Wachtmeister nimmt den Telefonhörer ab. »Kaffee bitte«, sagt er. Wieder fragt Stijn, wo die Kleider gefunden wurden. Der Wachtmeister bleibt ruhig und spricht auf einmal nicht mehr im Zeewijker Dialekt, sondern in dem tadellosen Niederländisch der Nachrichtensprecher im Radio.

Die Kleider und das Schuhwerk – das letzte Wort macht er schön rund im Mund – haben den ganzen Tag, wahrscheinlich seit dem frühen Morgen, auf dem Stück Strand des Segelvereins Skuytevaert gelegen. Alles weist darauf hin, dass Vater und Mutter gestern Nacht im Meer schwimmen gegangen sind. »Aber so lange eure Eltern nicht gefunden werden, lässt sich nichts mit Sicherheit sagen.«

»Was ist Ihrer Meinung nach passiert?«, beharrt Stijn.

Der Wachtmeister trommelt mit den Fingern auf die Tischplatte. »Erstens vermissen sie bei Skuytevaert ein Ruderboot. Es könnte sein, dass eure Eltern es gestern

Nacht benutzt haben und dass es auf See umgeschlagen ist. Dass sie sich zu weit von der Küste entfernt haben und nicht mehr zurückschwimmen konnten.«

»Unsere Eltern stehlen kein Boot.«

»Vielleicht. Vielleicht sind sie auch schwimmen gegangen und unglücklicherweise, wer weiß, in einen Strudel geraten. Strudel sind tückisch. Ehe man sich's versieht, wird man unter Wasser gezogen und Hunderte Meter weit mitgeschleift.«

Ein Polizist kommt mit einem Tablett herein. Seine Hände zittern ein wenig, und er kleckert, als er drei volle Kaffeetassen, ein Milchkännchen und eine Zuckerdose auf den Tisch stellt. Der Wachtmeister wartet, bis er wieder fort ist, und redet dann weiter über Strudel und darüber, was passiert, wenn man in einen gerät. Direkt über der Kinnlade hat er ein hässliches Muttermal, das wie eine Warze aussieht und sich mitbewegt, wenn er redet. Ich kann den Blick nicht davon losreißen.

Er benutzt bestimmt einen Rasierapparat. Während ein Wachtmeister sich doch so rasieren müsste, wie Vater es immer tut: sich gut einseifen und dann mit dem Rasiermesser über die glatt gezogene Wange schaben. In einem Mal, Augen zu und ratsch, die fiese Muttermalwarze wäre ab. Es blutet vielleicht ein bisschen, aber was soll's?

Stijn lässt sich von ihm einwickeln. Ich höre schon lange nicht mehr hin. Es ist wie früher, wenn Vater und Mutter sich abends zanken und ich oben auf der Treppe sitze und horche – ohne ein Wort zu verstehen, denn sie machen schnell die Türen zum Flur und zum Wohnzimmer zu, wenn sie sich streiten. Aus Angst vor ihrem Streit werde ich ein einsamer Cowboy an einem Lagerfeuer in der Prärie; ein König auf hohem Thron; ein Bergsteiger, der nach einem gefährlichen Aufstieg den Gipfel erreicht und live im Radio davon berichtet.

Auch jetzt sind die Türen zu. Vater sitzt allein am Rand der Straße nach Warsenhout, wo die Autos ihn im Vorbeirasen anbellen und nach ihm schnappen. Mutter ist die Dünen hinuntergerannt und läuft über den Strand. Das Meer lockt, und ausgelassen tanzt sie vor der rollenden Brandung. Doch der lockere Sand ist schwer, er zieht an ihren Füßen, das lange Haar klebt ihr an der Stirn und an den Wangen. Um sich abzukühlen, möchte Mutter ins Wasser. Da sie zu viel getrunken hat, zieht sie sich einfach ganz aus. Was macht das schon, es ist dunkel, niemand sieht es. Mutter zieht sich das Kleid und auch das Unterkleid über den Kopf.

Dann bemerkt sie mich oben bei der letzten Düne, und rasch lässt sie sich in die Wellen sinken. »O Wout!«, schreit sie, nicht vor Schreck, sondern vor Freude. Ich renne über den Strand ans Meer, aber weil ich kein guter Schwimmer bin, bleibe ich vor der Brandung stehen. Mutter plantscht und johlt. Sie winkt noch einmal, dann taucht sie unter und schwimmt auf der Bahn, die der Mond über das Wasser legt. Ich möchte sie warnen, denn sie merkt nicht, dass im Meer etwas Finsteres tobt. Etwas, das sie, wie der Wachtmeister gesagt hat, mit sich reißen kann.

Das Flammenteufelchen. Wahrscheinlich will der Wachtmeister Stijn und mir auch noch weismachen, dass es das Flammenteufelchen wirklich gibt. Aber Herr van Parswinkel sagt, es sei nichts anderes als »phosphoreszierender Nebel, der bei windstillem Wetter aufsteigt«, aber früher glaubten sie im Dorf, es sei ein Irrlicht, der Geist eines Mörders, der zwischen Brandung und Strandpfahl späten Spaziergängern auflauert. Oder sind es die Dunkelmänner, geheimnisvolle Gesellen, die nachts durchs Dorf ziehen, um Kinder zu stehlen und in ihre Unterwelt mitzunehmen? Herr van Parswinkel kennt Hunderte solcher Geschichten.

Der Wachtmeister fällt wieder in den Zeewijker Dialekt zurück, weil Stijn doch nichts mehr zu melden weiß. Ich würde Stijn ja gern helfen, aber ich habe Angst, mich zu verplappern. Der Wachtmeister denkt ja, dass Mutter ihre Unterwäsche noch anhat. Das glaubt er. Am liebsten würde ich ihn mit einer Hand gegen die Stuhllehne drücken und ihm mit der anderen mit einem Rasiermesser über die hässliche Stelle an seinem Kinn fahren. So ein Rindvieh.

Genau wie Stijn lasse ich meinen Kaffee kalt werden. Ich gucke mir das Gemälde über dem Kamin an. Wahrscheinlich ein Porträt des Reeders, der früher hier gewohnt hat, oder einer seiner Vorfahren. Ein faltiges Gesicht, ein hoher Kragen und Koteletten, so dick und weiß wie Watte.

»Alle unsere Kollegen entlang der gesamten Nordseeküste sind inzwischen benachrichtigt.«

Auf dem Gemälde presst der alte Reeder eine Bibel mit Kupferschlössern an die Brust, denn er fühlt das nahe Ende.

Plötzlich springt Stijn auf. Er gibt mir ein Zeichen und geht mit kräftigen Schritten auf die Tür zu. »Warte!«, ruft der Wachtmeister noch, aber da ist Stijn schon aus dem Zimmer; ich renne hinter ihm her.

»Was ist los?«, frage ich ihn, als wir draußen sind.

Stijn schüttelt den Kopf, wir klettern auf die Kreidler. »Halt dich gut fest«, ruft er und tritt das Moped an. Ich schlinge die Arme um seine Taille, fühle seine starken Muskeln.

Wir tauchen ins Loch der Geschäftsstraße. Der Wind zerrt an meinen Haaren. Ein wütender Meeresgott gibt seinem Pferd die Sporen und galoppiert über die Wogen.

IN DEN ERSTEN TAGEN ist es still und leer im Haus. Stijn geht lieber nicht vor die Tür, aus Angst, er könnte einen Anruf von der Polizei verpassen. Er sitzt manchmal stundenlang im Vorderzimmer am Radio, während ich durch die Dünen laufe oder mich beim Damespiel selbst zum Remis zwinge. Dame spielen kann ich gut. Habe ich mit ein paar anderen aus meiner Klasse von Herrn Krogge gelernt. Ich war der Beste von allen, das hat Herr Krogge selbst gesagt, bevor er krank wurde und wir einen neuen Lehrer, Herrn van Parswinkel, bekamen.

Doch das Wochenende geht ohne Nachricht von der Polizei vorbei. Am Montagmorgen, als Stijn wieder zur Arbeit muss, ruft er in der Garage an, um zu sagen, dass er vorläufig zu Hause bleibt. Mich schickt er zum Laden in der Wilhelminastraat, wo ich einen Zettel mit schiefen Großbuchstaben hinter das Fenster kleben soll: *Wegen privater Umstände vorübergehend geschlossen.*

Seitdem klingelt das Telefon ununterbrochen. Die Familien Sandhof und Meyvogel haben garantiert Gewissensbisse, denn einer nach dem anderen ruft an. Seit einem Krach bei einem Geburtstag von Vater wollten sie kaum noch was mit uns zu tun haben; jetzt beginnen die Familienbande zu drücken, meint Stijn. Sie hören sich alle an, als wären sie fassungslos, aber wenn sie bei uns zur Tür hereingeschlichen kommen, um an unserem Elend zu schnüffeln, dann leuchten ihre Augen. Nur Tante Dien, die uns die ganze Zeit immer treu besucht hat, ist wirklich traurig. Die anderen Onkel und Tanten ekeln wir auf dem schnellsten Weg hinaus.

Drei Tage müssen wir warten. Im *Rijnlandse Courant* steht eine Nachricht über Vater und Mutter. Nur ein paar Zeilen, und ohne Namen, sagt Stijn. Bei Knokke in Belgien wurde eine Frau angespült, die Mutter sehr ähnlich sehen soll, aber wenige Stunden später stellt sich heraus, dass es nur ein Gerücht war. Danach stellt Stijn das Radio lauter, als das Telefon klingeln kann. Und ich gebe mich nicht mehr mit Remis zufrieden, sondern lasse jedes Mal mein schlaustes Ich gewinnen.

Dann, am frühen Morgen des vierten Tages, sehe ich einen Polizeiwagen über den Klinkerweg fahren. Der weiße Daf hält vor dem Haus. Zwei Polizisten steigen aus. Ich stehe mitten im Zimmer und fange an zu zittern, als sich einer von ihnen die Hand über die Augen hält und durch das Fenster hereinspäht.

Ich fliehe zur Hintertür und renne, so schnell ich kann, durch den Garten auf den Weg. Zurückzuschauen traue ich mich nicht, denn die Polizisten sind mir auf den Fersen und wollen mich zwingen zu hören, was ich nicht hören will. Ich renne, so schnell ich kann, und flitze beim Wasserturm in die Dünen. Vögel fliegen erschrocken auf. Ich stolpere und falle auf die Knie, rapple mich aber schnell wieder auf.

Ich stürme eine Düne nach der andern hinauf. Ich kriege die Gesichter der Polizisten nicht aus dem Kopf, also schreie ich und renne durch Mulden mit Flugsand, zwänge mich zwischen Sanddornsträuchern hindurch, immer tiefer in die Dünen hinein. Erst als ich an der Kettendüne vorbei bin, fühle ich mich sicher und lasse mich rücklings fallen.

Mit weit ausgebreiteten Armen liege ich da und blicke in den hin und her schwingenden Himmel über mir. Meine Lungen ertragen den Druck in der Brust nicht mehr und es zerreißt mir das Herz, ich muss weinen. Das Sonnenlicht sticht von der Seite.

Ich rolle mich auf den Bauch, greife in den Sand und lasse ihn durch die Finger rinnen. Der Sand ist heiß. Ich nehme noch eine Hand voll, da merke ich, wie ein Schatten auf mich fällt.

»Wo warst du nur?«

»Es tut mir Leid, Liebes. Hast du dir sehr große Sorgen gemacht?«

»Stijn und ich, wir dachten …«

»Wir konnten nicht früher zurückkommen, Wout, glaub mir. Wir haben euch noch angerufen, aber es ging keiner dran.«

Mama ist völlig aufgelöst.

»Und Vater?«

»Der kommt gleich. Komm, wir gehen jetzt schnell nach Hause.«

Ich greife in den Sand. Ich will ja mitgehen, aber es ist besser, wenn ich mich erst von dem Schrecken erhole.

Meine Beine sind zu schwach, wenn ich jetzt aufstehe, falle ich um.

»Ich komme ein bisschen später, okay?«

»Na gut. Aber sieh zu, dass du rechtzeitig da bist. Nicht das Essen kalt werden lassen, ja, Liebes?«

»Ich komme gleich, Mams. Wirklich.«

Mutter trocknet sich die Hände an der Schürze ab, ihr Schatten löst sich von mir. Ich fühle, wie er die Kettendüne hinabgleitet und weiter auf dem Schleichweg Richtung Wasserturm. Die Sonne kriecht über meinen Rücken und in mein Haar. Meine Hand scharrt den Sand zur Seite, ganz vorsichtig, denn darunter ist es kalt und klebrig.

STIJN UND ICH SITZEN mit unseren Onkeln und Tanten im Schlafsaal des alten Spitals an der Voorstraat. Einander gegenüber, jeder an einer Seite des Sargs.

In dem kleinen Raum ist es heiß. Die schweren Gardinen sind wegen der tief stehenden Sonne zugezogen, doch die Lampen an der Wand geben zu wenig Licht, und eine der elektrischen Kerzen des Leuchters flackert ständig. Der Holzfußboden und die Vertäfelung sind blank – abgenutzt von den beklemmenden Träumen der armen Menschen, die hier früher schliefen. Der Sarg steht wie ein schwerer Stein in der Mitte des Raums, auf einem Tisch mit einer schwarzen Decke.

Die Totenwache ist ein bisschen wie die Geburtstage früher, wenn es auch weder Bier noch Genever zu trinken gibt und alle Angst haben, sie könnten zu laut reden. Vorsichtig nippen unsere Onkel und Tanten an ihrem Kaffee und Tee. Ab und zu schauen sie zum Sarg hin, auf dem ein Porträt von Vater steht. Morgen wird er beerdigt.

Ein früher Spaziergänger hat ihn auf dem Strand bei Warsenhoutse Slag gefunden. Halb nackt und angeschwollen, blau und angefressen vom Meer. Deshalb ist der Sarg geschlossen.

»Als sie Jan fanden, war mir klar, dass es keine Hoffnung mehr gibt«, sagte Tante Greet. »Es ist schade, dass es unserer Hanna nicht vergönnt war, angespült zu werden.«

Ich sehe, was Tante Greet sich insgeheim ausmalt, und beuge mich weit vor. Alle glauben nun, dass ich tief nachdenke und nichts mitkriege, doch ich höre alles. Die Stimmen vermischen sich und die einzelnen Sätze verbinden sich zu einem sonderbaren Hörspiel. Wenn ich nicht auffalle, kann ich alle scharf im Auge behalten, das ist wichtig. Vorhin, als ich hereinkam und Vaters Bild sah, habe ich geweint – nur ganz kurz, denn Onkel Cor legte mir die Hand auf die Schulter und wollte was Feierliches sagen. Da habe ich mich schnell nach hinten gesetzt; das Papiertaschentuch, das ich in die Hand gedrückt bekam, habe ich nicht benutzt. Ich sitze zwischen Tante Aaltje und Tante Dien, Mutters Schwestern. Beide ganz in Schwarz.

Bei den Sandhofs auf der anderen Seite des Sargs sind sie längst nicht so gläubig wie bei den Meyvogels. Auch Vater ging nie in die Kirche. Doch eine Beerdigung ohne Pfarrer, nur mit einem Grab und ohne den Segen des Himmels, das gehört sich nicht. Deshalb ist es gut, dass sie einen gefunden haben, Pfarrer Reigersma. Onkel Klaas hat lobende Dinge über ihn gesagt, trotzdem finden manche Verwandten von Mutter, dass er nicht das richtige Kaliber hat. »Reigersma besitzt die Gabe des Wortes«, beharrte Onkel Klaas. »Man kann sagen, was man will, aber seine Predigten sind lauter und rein. Kristallklar.«

Stijn will, dass Vater eine anständige Beerdigung bekommt, und ein Pfarrer, der kristallklar predigt, ist genau das, was man dafür braucht.

Jetzt halten alle den Mund, denn der Küster und seine Frau kommen herein, um die Tassen und Teller wegzuräumen. Sie tun es mit so viel Lärm, dass Opa Meyvogel erschrickt. Obwohl alle Wörter aus Opas kindischem Kopf verschwunden sind, ist es, als wollte er uns etwas sagen. Er schlenkert mit den Armen und ballt die Fäuste, schreit mit rauer Stimme Richtung Sarg. Tante Greet gelingt es, ihn zu beruhigen, indem sie ihm die Hand auf den Arm legt und sanft den Kopf schüttelt. Opa setzt sich wieder. Das Kinn sinkt ihm auf die Brust, und mit offenem Mund träumt er weiter.

Piet Brussee, der Inhaber des Plattengeschäfts an der Ecke der Wilhelminastraat, versucht, die Unterhaltung wieder anzukurbeln. »Es ist schon merkwürdig«, sagt er mit Grabesstimme. »Den einen Tag unterhält man sich noch mit Jan und Hanna, und am nächsten sind sie nicht mehr da.«

Alle nicken.

»Solche lieben Menschen.«

Das Letzte singt er fast, wahrscheinlich um unsere Onkel und Tanten auf die Palme zu bringen.

Die können ihn nicht leiden. Als sie zum letzten Mal alle zusammen waren, war Piet Brussee auch dabei, und von Mutter weiß ich, wie es damals zugegangen ist. Dass Piet Brussee lang und breit erzählte, wie er mit Vater und Mutter den *Schwanensee* gesehen hatte. Vielleicht war das nicht besonders klug von ihm, es wurden Witze gemacht, über die Vater sich ärgerte. Er fühlte sich auf die Schippe genommen, und Mutter auch. Sie liebt *Schwanensee*, sie legt die Musik oft auf.

Aber so richtig böse wurden sie, als Onkel Cor sich einmischte und behauptete, tanzen sei eine weltliche Verirrung. Dadurch würden Menschen zu schmachtenden Tieren. Vom Genever streitsüchtig geworden, hatte er auf Mutter gezeigt und gesagt, sie müsse es schließlich besser wissen. Sie sei doch im Glauben erzogen.

Mutter fing an zu weinen, und Vater explodierte fast. Er beschimpfte Onkel Cor nach Strich und Faden, und auch die anderen, die dumm gelacht hatten, bekamen eins aufs Dach. Endlich sagte Vater einmal, was er wirklich von ihnen dachte, und da hielten sie sich auch nicht länger zurück. Er trage die Nase ziemlich hoch. Er habe anscheinend vergessen, woher er komme. Es fehlte nicht viel und sie hätten eine Schlägerei angefangen.

Und doch sind sie jetzt alle da, bis auf Onkel Cas, Vaters ältesten Bruder. Er ist Maschinist auf einem Containerschiff und gerade irgendwo im Pazifik. Dort ist es noch früher Nachmittag; »Da geht die Zeit nach«, sagt Tante Rie, während sie Fussel von ihrem Mantel zupft. Dann hält sie den Mund und dreht den Kopf zur Tür.

Im Flur hört man die aufgeregte Stimme der Küstersfrau. Kurz darauf erscheinen zwei Männer in der Tür, ein älterer und ein jüngerer: der Pfarrer und ein Presbyter. In ihren schwarzen Kleidern bringen sie den Geruch von draußen mit herein. Der Jüngere mit den grauen Locken muss der Pfarrer sein, denn er trägt einen langen, für das schöne Wetter viel zu schweren Mantel.

Rasch schütteln sie unseren Onkeln und Tanten reihum die Hand. Ich warte, bis ich an der Reihe bin, und stehe dann höflich auf. Als der Pfarrer sich zu mir beugt, rieche ich etwas Süßliches, das ich nicht definieren kann.

»Du bist der Jüngste, nicht?«, fragt er.

Ich nicke und gebe ihm die Hand.

Du hast Frauenlippen, denke ich.

Der Pfarrer will meine Hand nicht loslassen und legt mit traurigem Gesicht auch noch seine andere darauf. Ich fühle mich unbehaglich und blicke zu Stijn hinüber, doch der sitzt mürrisch da und starrt auf den Sarg. Auf dem grünen Wandteppich über der Tür segnet der Gute Hirte drei magere Schafe.

»Wie heißt du, mein Junge?«

»Wouter, Herr Pfarrer.«

»Möge der Herr dir nahe sein, Wouter. Vertraue ihm deinen Kummer an, das ist das Beste.«

Der Pfarrer lässt meine Hand los und wendet sich zu Tante Dien, er nennt sie »Schwester«. So gehen fromme Menschen miteinander um, wie Brüder und Schwestern. Auch der Kirchenälteste will mir kondolieren, aber da werden gerade zwei Holzklappstühle herübergereicht. Der Küster eilt herbei. Er und der Presbyter tragen jeder einen Stuhl nach vorne und klappen ihn vor der Reihe auf, wo der Pfarrer neben dem Sarg stehend wartet. Er hat den schweren Mantel nun doch ausgezogen. Alle halten den Atem an, während der Pfarrer stirnrunzelnd

Vaters lachendes Porträt betrachtet. Je länger der Pfarrer schweigt, desto dümmer wirkt das Lächeln auf Vaters Gesicht.

Jemand müsste sich um das Flackern der elektrischen Kerze im Leuchter kümmern, denn das lenkt ab und passt nicht zur schönen Melodie der Predigt. Reigersma liest ein Stück aus der Bibel vor, und dann singen wir alle zusammen, so als müssten wir alle an einem Tau ziehen und mit aller Kraft eine zentnerschwere Last einholen. Zum Glück hat der Küster einen Stapel Gebetbücher hingelegt, denn keiner von den Sandhofs kennt den Psalm, auch ich nicht. Als ich noch zur Schule ging, las mir Mutter jeden Sonntagabend den Abschnitt für die Woche vor — immer wieder, bis ich alle Verse auswendig und am nächsten Morgen fehlerlos in der Klasse aufsagen konnte. Doch dieser Psalm war nicht dabei.

»Oftmals ertönt die rufende Stimme in unserem Leben, und dennoch ziehen viele es ebenso oft vor, taub für sie zu bleiben. Verhärtet nicht auch diesmal euer Herz. Noch stehen wir diesseits des Grabes, noch ist Zeit zur Umkehr. Für Jan Sandhof ist es Ewigkeit geworden«, predigt der Pfarrer. Er zieht ein Taschentuch aus der Hosentasche und wischt sich die Stirn ab. Ich setze mich gerade hin und höre gespannt zu.

»Fleisch kann Fleisch nicht entbehren, das weiß ich. Wie schmerzlich ist der Verlust für euch, die ihr zurückbleibt, wie lähmend die Unsicherheit und der Kummer um sie, deren Körper immer noch nicht gefunden wurde.

Dabei denke ich vor allem an die beiden Kinder. An euch, meine Jungen.«

Der Pfarrer schaut erst zu Stijn, dann zu mir. Es stört mich nicht, dass unsere Onkel und Tanten jetzt alle zu mir hinsehen; mich interessiert nur der Pfarrer, der so wunderschön predigt in einer Sprache, die ich nur vom Vorlesen aus der Bibel in der Schule kenne. Ein feierlicher Satz nach dem anderen fließt ihm über die Frauenlippen ... Das kostbare Blut Christi, das von allen Sünden reinigt. Müssen es Ihm anheim stellen. Sünder sind wir alle. Alle Fetzen von *einem* Tuch. Das Leben ist nichts anderes als ein beständiger Tod.

Mutter würde es herrlich finden, wenn sie jetzt da wäre. Vater auch, denn Vater liebt schöne Dinge. Ich schaue kurz zur Seite, zu den zwei Künstlern in der Gesellschaft, die nicht wussten, dass die Totenwache eigentlich nur für Angehörige und ein paar sehr gute Freunde ist. Lia van Rijn, die Malerin des Meers und des Himmels in allen ihren Eigenheiten und Farben, und Dirk Bakkenes, der Maler des alten Zeewijk mit seinen stämmigen Fischern, Netzflickerinnen und Ankerträgern, mit seinen Kuttern, der weiß getünchten Alten Kirche und seinem Leuchtturm. Auch sie sind beeindruckt.

Entspannt legt der Pfarrer eine Hand auf den Sarg. »Verlasset den breiten Weg und suchet den schmalen, der zum Ewigen Leben führt. Denn der breite Weg verläuft mitten durch die Gott leugnende Welt und führt ins Verderben. Und wenn Matthäus vom ›Verderben‹ spricht, dann benutzt er dafür das Wort *abbadon*, was ›der Ort der

Verwesung‹ bedeutet, nämlich der unterste Teil der Hölle, über den der Engel des Abgrunds herrscht und aus dem nach der Offenbarung des Johannes dämonische Heuschrecken aufsteigen werden. Das ist das ›Verderben‹, von dem Jesus spricht. Nicht mehr und nicht weniger.«

Der Pfarrer räuspert sich, bevor er sich noch einmal kräftig ins Zeug legt: »Lasst euch darum mit Gott versöhnen! Folgt dem schmalen Weg und weicht nicht von ihm ab. Weder zur Linken noch zur Rechten.«

Die Augen unter den Locken wandern die Reihen entlang. Heften sich plötzlich fest auf mich.

Langsam, aber sicher dringen sie zu dem schrecklichen Geheimnis in meinem Herzen vor. Ich kann mich nicht dagegen wehren. *Folgt dem schmalen Weg*, dem schmalen Pfad in die Dünen, *weicht nicht von ihm ab*. Nicht den breiten Weg nach Warsenhout nehmen, nicht das Verderben – ich weiß, was er meint, jeder folgende Satz ist für mich gesprochen. »Aus diesem Leben gerissen werden«, höre ich, und ich liege im Bett, halte die Augen geschlossen, während ich Vater auf die breite, gefährliche Straße nach Warsenhout zugehen lasse.

Die Luft in dem kleinen Saal ist unerträglich.

So leise wie möglich stehe ich auf. Ich krümme den Rücken gegen die stechenden Blicke und schleiche mich auf den Gang, weg von der Stimme des Pfarrers. Leise ziehe ich die Tür hinter mir zu.

Die Toilette im Flur ist frei. Ich setze mich auf die Klobrille und kratze mit dem Nagel des Zeigefingers über die Fugen zwischen den Fliesen, während ich mit offenem

Mund einen schmutzigen feuchten Fleck an der Decke betrachte. Mein Darm drückt und rumpelt, ich will gerade die Hose aufmachen, als ich Schritte zu hören glaube − leichte Schritte, die im Flur auf und ab gehen. Ich drücke die Tür ein Stückchen auf und luge um die Ecke.

Niemand zu sehen, ich habe mich geirrt. Aus Gewohnheit spüle ich.

Mit schweren Beinen gehe ich zurück. Hinter der Tür des kleinen Saals ruft die leidenschaftliche Stimme des Pfarrers nach mir, und gehorsam lege ich die Hand auf die Klinke. *Ich habe es nicht gewollt, ich habe es wirklich nicht gewollt, wirklich nicht!* Ich würde es am liebsten schreien und mache einen Schritt zurück. Am Ende des Gangs steht die Außentür einen Spalt offen. Reines Licht zwängt sich herein.

Auf einmal beginne ich zu laufen. Verfolgt vom hohlen Trommeln meiner Füße, fliehe ich aus dem Spital und springe über das Mäuerchen an der Voorstraat. Ohne aufzupassen, überquere ich die Straße und werde fast von einem Radfahrer umgefahren. Ein Mann ruft mir etwas nach, doch ich renne an den Häusern und Läden vorbei, dorthin, wo viele Leute sind.

An der Ecke leiert eine Drehorgel. Der Leiermann hält mir lachend eine Büchse hin. Erst als der Lärm der Stimmen und Autos auf der Strandpromenade den vorwurfsvollen Widerhall in meinem Kopf übertönt, traue ich mich, langsamer zu gehen.

DIE SONNE IST GERADE UNTERGEGANGEN. In und unter dem hoch aufgeschossenen Tüpfelfarn und den Kriechweiden zwitschern Vögel und zirpen Grillen. Ich drücke die Sträucher ein wenig zur Seite und sehe über den Garten zu Stijn hin, der mit einer Bierflasche in der Hand auf der Bank unter dem Küchenfenster sitzt. Er merkt nicht, dass ich hier stehe. Solange ich kein Geräusch mache, bin ich unsichtbar und trage die Ruhe der Felder und Dünen in mir.

Ich habe es nicht eilig. Am liebsten würde ich den ganzen Weg zurücklaufen und nicht mehr aufhören zu laufen, bis es ganz dunkel ist und Zeit zum Schlafengehen.

An den Strand zurück, denn da bin ich nach der Totenwache als Erstes hingegangen. Ich wollte mit dem Meer allein sein, aber die Sonne ging so herrlich unter, und der Strand wimmelte von Leuten. Aus Angst, Bekannten zu begegnen, hielt ich mich von der Strandlinie fern und ging nicht am Wasser entlang, sondern quälte mich durch den tiefen Sand, bis ich am letzten Pavillon und an Skuytevaert vorbei war. Dann gab ich es auf. Das Meer döste vor sich hin und bewunderte sich im zartrosa Himmel.

Tief seufzen und sich ein paar Mal auf die Wangen schlagen, das hilft. Schnell die Tränen abwischen und dann nach Hause. Vom Strand zur Strandpromenade zurück und am Seehospiz vorbei, doch dann nicht geradeaus über die Parkallee, nein, einen Umweg machen, durch eine Straße nach der anderen gehen, bis zum Jachthafen am anderen Ende des Dorfs, eine Zeit lang die Boote beobachten. Aber durch wie viele Straßen und Gassen ich auch gehen mag, letztendlich komme ich doch immer zum Zoom, dort, wo alle Zeewijker Straßen hinführen. An dem langen Ufer voller Unkraut und Kuhlen ging ich noch eine Weile auf und ab. Ich warf Kieselsteine hinunter und tat, als wäre der Zoom ein Deich und ich ein Deichwärter, der in rasendem Sturm das Meer in Schach halten muss. Von den nahen Hochhäusern konnte man mich sehen. Vom Steinewerfen und Hin- und Herrennen mit der tief stehenden Sonne in den Augen bekam ich Kopfschmerzen. Also hörte ich damit auf und ging zum Klinkerweg, der unterhalb des Zoom beginnt.

Noch etwas warten.

Vorsichtig, damit ich mir nicht das Gesicht zerkratze, ziehe ich mich aus den Sträuchern zurück. Ganz nah im hohen Gras sitzt eine braun gefleckte Katze. Sie kneift die Augen zusammen, ich trete nach ihr. Mutter ist allergisch gegen Katzen. Die Katze springt weg, und kurz knackt und raschelt es im Gestrüpp. Einst werden Heuschrecken aus der Hölle aufsteigen, hat Pfarrer Reigersma gesagt. Schwärme dämonischer Heuschrecken.

Ich kann nicht länger warten, dies ist der richtige Augenblick. Ich gehe durch die Öffnung zwischen den Sträuchern in den Garten. Stijn, auf der Bank unter dem Küchenfenster, reibt sich die Augen, als täte ihm die Dämmerung weh.

»Da bist du ja endlich.«

»Ich bin spazieren gegangen.«

»Du hättest wenigstens Bescheid sagen können.«

Ich setze mich neben ihn auf die Bank. Einfach abwarten und nichts sagen. Es eine Zeit lang still sein lassen, das ist auch gut gegen Kopfschmerzen.

»Vielleicht ist es nur gut, dass du nicht geblieben bist.«

»Wieso?«

Stijn trinkt seine Bierflasche aus.

»Sie hatten einiges auszusetzen am Pfarrer. Sie fanden, dass er Papa in die Hölle gepredigt hat. Damit waren die von Mutters Seite natürlich nicht einverstanden. Zuletzt schrien sie sich alle an.« Er spuckt aus. »Scheißkerle sind das.«

»Ja.«

»Ich will nichts mehr mit ihnen zu tun haben.«

»Ich auch nicht.«

Stijn zieht den Bierkasten unter der Bank hervor und lässt die leere Flasche hineingleiten. Um gleich darauf zwei volle herauszuholen und mit dem Kronenverschluss der einen den der anderen aufzuhebeln – etwas, was nur Männer in Autowerkstätten oder auf Baugerüsten gut können. Arbeiter, die nie »Flaschen«, sondern immer

»Pullen« sagen. Auf dem Boden liegen schon eine Menge Kronenverschlüsse.

»Ich wollte, wir hätten es hinter uns.«

»Ich auch.«

Ich lehne mich zurück. Die Zweige der Eiche schaben über die mit Moos bewachsenen Dachziegel des steilen Satteldachs, das den stärksten Wind brechen kann und von dem der Regen immer abläuft.

Stijn sieht mir auf einmal direkt ins Gesicht. »Dieser Reigersma ist ganz schön streng. Er sagt harte Sachen.«

»Ich fand es toll, was er gesagt hat«, höre ich mich heucheln. »Es wird bestimmt eine schöne Beerdigung.«

»Schön?«

Stijn zieht ein Päckchen Tabak aus der Brusttasche und dreht sich eine Zigarette. *Schön.* Das Wort bleibt zwischen uns stehen.

Morgen kommt Vater unter die Erde. Onkel Klaas hatte den angespülten Körper identifiziert. Noch nie habe er so etwas Widerliches gesehen, sagte er. Ich hoffe nur, dass der Bestatter das Foto von Vater in den Sarg legt, bevor er den Deckel zuschraubt. Womöglich will er noch, dass wir das Foto mit nach Hause nehmen.

Vögel fliegen über den Dünen auf und schwenken in Richtung Meer ab, der Sonne nach. Stijn rülpst. Wenn er so weitermacht, wird er betrunken.

Vögel können auch betrunken werden. Ich habe das schon mal gesehen, und von Herrn van Parswinkel weiß ich, wie das kommt. Wenn sie zu viele Beeren fressen, fangen die in ihrem Magen an zu gären, und dann fliegen die Vögel durch den Alkohol ziellos hin und her. Stijn glaubt mir nicht, aber es ist wirklich so.

Er erstarrt, als drinnen das Telefon läutet.

»Da sind sie wieder. Lass nur läuten, ich will nicht mit ihnen sprechen.«

Doch das Telefon klingelt weiter, und obwohl Stijn es nicht möchte, gehe ich doch ins Haus. *Nicht auflegen!* Ich renne ins Wohnzimmer, nehme den Hörer ab: »Hallo?«

In der Eile vergesse ich, meinen Namen zu sagen.

»Jan Sandhof, bitte.«

Eine Männerstimme. Dem Ton nach jemand, der von nichts weiß. »Er ist nicht da«, sage ich enttäuscht. »Haben Sie heute Abend schon mal angerufen?«

»Ja. Gib mir deinen Vater mal.«

»Er ist nicht da. Wir wissen nicht genau, wann er zurückkommt.«

»Dann gib mir deine Mutter.«

»Es tut mir Leid, aber sie kann auch nicht ans Telefon kommen.«

»Hör zu, ich warte hier schon eine Stunde auf deinen Vater. Sag ihm — oder gib ihn mir lieber selbst. Ich weiß, dass er zu Hause ist, mir machst du nichts vor.«

»Er ist nicht da. Wirklich nicht.«

»Wo ist er dann?«

»Er ist … am Pazifik. Amerika, er ist ein paar Wochen nach Amerika.«

»Schau einer an, diesmal ist es Amerika. Hör gut zu, sag deinem Vater, dass ich fünfundsechzig draus mache.

Die Dämmerung allein ist schon sechzig wert, das habe ich vor kurzem erfahren. Behältst du das?«

»Wie ist Ihr Name? Dann richte ich es ihm aus.«

»Dein Vater weiß schon, wer ich bin, wenn du *Die Dämmerung* sagst.«

Angeber. Aber der Klügere gibt nach. Immer freundlich sein zu Kunden.

»Gut, Meneer. Fünfundsechzig Gulden.«

»Tausend.«

»Wie bitte?«

»Fünfundsechzigtau…, ach lass. Ich gebe deinem Vater eine Woche, nicht länger. Nächste Woche rufe ich wieder an um diese Zeit, und wenn er dann immer noch in Amerika ist, wickle ich es eben mit deiner Mutter ab, sag ihm das. Deine Mutter und ich, wir haben uns vor einigen Wochen noch sehr nett miteinander unterhalten. Sie wird sich sehr für das interessieren, was ich zu erzählen habe. Wenn dein Vater Ärger will, kann er ihn kriegen … Kapiert? Fünfundsechzig, ja? Nicht vergessen.«

Fünfundsechzig. Sechzig. Tausend. Der Mann wirft alles durcheinander. Und jetzt legt er einfach auf.

Ich schmeiße den Hörer wütend auf die Gabel und gehe in den Garten zurück.

»Was wollten sie?«, fragt Stijn.

»Nix. Es war nur ein Kunde. Ich habe gesagt, dass der Laden vorläufig zu ist.«

Ich brauche Stijn nicht damit zu belasten.

Gut, dass ich das noch wusste, das vom Pazifik und von Amerika. Dass sie zusammengehören. Grün für Wasser, hellbraun für Land. Tick-tick mit dem Zeigestock: Herr van Parswinkel zeigt auf der großen Karte, die vor der Schultafel hängt, die Länder und Ozeane an. Die roten Punkte sind Städte mit wunderbaren Traumnamen: San Francisco, Los Angeles, San Diego. Untereinander an der Küste, auch das weiß ich noch. Grün ist das totenstille Wasser des Großen oder Stillen Ozeans. Dort weht der Wind hin, wenn er sich ausruhen will.

Die Dunkelheit hat sich auf die Äste der Eiche gesenkt, die Vögel lassen sich von ihr zudecken.

Meine Kopfschmerzen werden immer schlimmer. Am liebsten würde ich in mein Zimmer gehen, aber ich kann Stijn nicht allein lassen — nicht heute Abend, es muss noch so viel geregelt werden. Der Laden zum Beispiel. Vater wollte mir beibringen, wie man Rahmen macht. Wir wollten eventuell auch Kameras, Poster und Kunstfotos verkaufen. Vorläufig aber hängt ein Zettel an der Ladentür: *Wegen privater Umstände vorübergehend geschlossen.*

Solange es nur vorübergehend ist, haben die Leute noch Geduld. Aber es darf nicht zu lange dauern, ehe man sich's versieht, macht ein anderer einen Kunstladen auf, und dann laufen alle Maler und Kunden da hin. Dann können wir unser Geschäft zumachen. Und dann? In die Schule zurück? Die sechste Klasse habe ich dreimal wiederholt, das mache ich nicht noch mal — obwohl das letzte Jahr weniger schlimm war, weil im Oktober Herr Krogge krank wurde und Herr van Parswinkel all die schönen Geschichten erzählte. In der Klasse waren alle auf einmal netter und das Schikanieren wurde viel weniger.

»Bist du fertig für morgen?«, fragt Stijn. »Hast du deine Schuhe geputzt?«

Ich gebe keine Antwort.

Ein Fahrrad rattert über das Pflaster. Die Geräusche, die vom warmen Boden aufsteigen, prallen auf die kühle Luft, die sich langsam niedersenkt, und fließen nach allen Seiten davon. In der Ferne erklingt der traurige Ruf eines Brachvogels.

»Na?«

Das Rattern des Rads erstirbt und zwischen den Sträuchern taucht Tante Dien auf. »Auch das noch«, jammert Stijn leise, damit sie es nicht hört.

»Ich konnte dem nicht einfach seinen Lauf lassen, Kinder.«

Tante Dien stellt ihr Rad an den Schuppen. Ich stehe auf, um einen Stuhl aus der Küche zu holen. Ich höre, wie sie zu Stijn sagt, dass sie geradewegs von der Totenwache kommt und ziemlich lange mit den beiden Familien geredet hat. Sie glaubt, dass es geholfen hat. Zum Glück bleibt Stijn höflich. Ich zerre einen Stuhl heraus, aber Tante Dien sitzt schon neben Stijn auf der Bank.

Mir recht. Setze ich mich eben drauf.

»Ich halte auch nicht viel von diesem Pfarrer«, sagt Stijn. »Aber man kann doch an einem Sarg keinen Stunk anfangen!«

»Wenn man vor den Richterstuhl Gottes tritt, ist es

egal, welcher Pfarrer predigt, das habe ich ihnen gesagt. Der Herr sieht nur aufs Herz, das ist meine Meinung.«

Sie muss auf einmal weinen. Wegen Vater vor dem Richterstuhl Gottes. Ich nehme den Kieselstein aus meiner Hosentasche und reibe ihn zwischen den Händen.

»Bitte entschuldigt.« Tante Dien putzt sich die Nase und zieht ein paar Nadeln aus dem Haar, das schon grau wird. Sie setzt den Hut ab und legt ihn auf die Kronenverschlüsse unter der Bank, gleichzeitig greift sie mit der anderen Hand nach ihrem Knoten.

Wieder raschelt es im Gestrüpp am Klinkerweg. Die Katze von vorhin bestimmt.

Der vorige Besitzer des Hauses, ein unverheirateter Polizist, der schon lange tot ist, hatte auch eine Katze, das haben wir vor Jahren herausgefunden. Als sie starb, hat er sie unter der Eiche begraben, doch die Kraft, die Bäume und Sträucher aus der Erde treibt, drückte auch das Katzenskelett im Lauf der Jahre nach oben. Eines Tages – ich war noch klein – baute ich gerade in einem aus Decken gemachten Zelt mit meinem Schäufelchen ein schönes Bett mit Gitterstäben, als plötzlich ein paar Rippen aus der Erde zum Vorschein kamen. Neugierig grub ich weiter und legte die Katze einschließlich ihrer starrenden Augenhöhlen frei. Aus Angst, von den Knochen mit irgendwas angesteckt zu werden, riss ich die Decken von den Leinen und rannte durch den Garten. Ich hob Steine vom Gartenweg auf und warf sie auf das Gerippe, so fest ich konnte, bis keine Katze mehr zu erkennen war.

Tante Dien sagt, dass sie mit beiden Familien darüber

gesprochen hat, wie es nun weitergehen soll. Alleine, ohne Frau im Haus, würden Stijn und ich es nicht schaffen. Der Haushalt und die Wäsche müssten gemacht werden. Wir wollten doch jeden Tag etwas Warmes essen? Deshalb habe sie sich überlegt, uns zu helfen. Sie sei ja allein stehend und würde gerne, von Herzen gerne sogar, alle zwei Tage für uns kochen. Vielleicht könnten die anderen Tanten uns auch ab und zu helfen. Beim Großreinemachen zum Beispiel.

»O nein«, sagt Stijn. »Die kommen mir nicht ins Haus. Früher kamen sie auch nie, und so bleibt es.«

Die Kopfschmerzen wollen einfach nicht weggehen. Ich weiß, dass ich mich ruhig verhalten muss, sonst wird mir schlecht und ich muss mich übergeben. Vielleicht sollte ich mich besser hinlegen.

»Ich gehe mal kurz rein«, sage ich.

Tante Dien schaut besorgt drein. »Du siehst so blass aus. Fühlst du dich nicht gut?«

»Bisschen Kopfschmerzen, das ist alles.«

In meinem Zimmer krieche ich ins Bett. Dösig höre ich den Stimmen unter dem Fenster zu. Tante Dien und Stijn reden darüber, wer was gesagt oder getan hat während der Totenwache. Über Opa Meyvogel, den die Streitereien so sehr aus der Fassung brachten, dass er nach De Wilbert zurückgebracht werden musste. Dann reden sie über die morgige Beerdigung.

Ich darf nicht zuhören. Mein Kopf muss leer werden. Ich gähne und mache die Augen zu, meine Gedanken drosseln die Geschwindigkeit.

An der Dunkelheit erkenne ich, dass ich lange geschlafen habe. Tante Dien steht mit Hut und zugeknöpftem Mantel im Zimmer. Verlegen drückt sie ihre Handtasche an sich.

»Ich komme dir Auf Wiedersehen sagen«, flüstert sie.

Sobald ich aufrecht sitze, fangen die bohrenden Kopfschmerzen wieder an. Tante fingert an ihrer Tasche herum und kommt dann zu mir, geht neben meinem Bett in die Hocke. Ihre Stimme bebt: »Mögest du Kraft von oben erhalten. Möge der Herr dir Schutz und Schirm sein. Ich werde für dich beten, Wout.«

Sie hat einen ältlichen Mund, aber sie sagt es lieb, *Kraft von oben, Schutz und Schirm*. Sie legt mir die Hand auf den schmerzenden Kopf und gibt mir einen Kuss. Am liebsten würde ich die Arme um sie legen und mich an sie drücken, um meinen Kummer auszuleeren, doch sie steht schon wieder auf und die wohltuende Wärme verschwindet.

»Ich würde Pfarrer Reigersma gern noch mal hören.«

»Wirklich, Wout?«

»Na und ob«, sage ich etwas übertrieben. »Ich gehe mal mit dir in die Kirche, wenn ich darf.«

»Ach Kind, nichts wäre mir lieber!«

Ich habe sie froh gemacht. Trotz der stechenden Kopfschmerzen gehe ich hinter ihr her, aus dem Zimmer, die Treppe runter, in den Garten. Dort bekommt auch Stijn einen Kuss. Tante wühlt kurz in seinem Haar, was Stijn bestimmt nicht angenehm findet, denn er ist immer etwas pingelig mit seiner Frisur. Als sie ihr Fahrrad genommen hat, heben wir gleichzeitig die Hand. »Fahr vorsichtig«, warnt Stijn. Tante Dien lächelt. Das Rad an der Hand, geht sie zwischen den Sträuchern zum Klinkerweg, sie schaut sich noch einmal um, genau in dem Augenblick, als ich es mir wünsche.

Als sie fort ist, geht auch der Abend zu Ende. Ich rieche die Alkoholfahne, die Stijn umgibt, und muss mich umdrehen. Das dunkle Haus starrt mich an, und für eine Weile kann ich keinen Schritt weiter tun.

GEGEN MORGEN GELINGT ES MIR, einem Traum zu entkommen. Ich sitze allein in einem dreckigen Warteraum, auf einem Bahnsteig, an dem wild gewordene Züge entlangdonnern. Auf dem Bahnsteig drängen sich wütende Reisende, und es werden immer mehr. Soldaten hämmern ans Fenster, drücken mit den Schultern dagegen. Als die Scheibe zerspringt, schreie ich laut auf, und der Schmerz rast mir durch den Schädel in die Augen.

Sobald ich mich gerade hinsetze, schießt die Übelkeit hoch. Eine Hand vor dem Mund und mich krümmend vor Schmerzen, schiebe ich mich aus dem Bett. Ich stolpere ins Badezimmer und knie mich vor die Kloschüssel. Ich kotze und zittere vor Elend.

Die Lampe geht an, das grelle Licht flammt vor meinen Augen. »Mach aus«, wimmere ich.

»Hast du es wieder?«, fragt Stijn.

Den Hahn aufdrehen und den säuerlichen Geschmack wegspülen. Mund und Finger abwischen. Ich krieche hoch. Stijn hilft mir ins Bett und zieht das Betttuch über mich. Bitte auch die Decke, ich klappere mit den Zähnen vor Kälte.

»Ist es schlimm?«

Ja, diesmal ist es schlimm, und Stijn weiß genug.

So schnell wie möglich im Schlaf verschwinden. Um den stechenden Schmerz abzuleiten, presse ich die Fingerknöchel gegen die Stirn.

Treiben. Sehr lange treiben in einem Priel, so groß wie ein See, in dem fremde Menschen um mich herum schwimmen. Ich bin traurig und die Leute verstehen es. Ich schäme mich wegen ihres Mitleids, und um sie zu beruhigen, nicke ich in die Runde. Auf dem Wasser treiben Flecken. Dreckige, dunkle Flecken, die von der Brandung in den Priel gerollt werden. In der Ferne, an der Sandbank vorbei, rennt Mutter durch die Wellen. Die dunklen Flecken schließen mich ein, sorgen dafür, dass ich nicht zu der Sandbank kommen kann. Es sind gefährliche Flecken, pass auf.

Komisch, Doktor Verdriessens Gesicht schwebt über mir. Der Arzt zieht mein Augenlid herunter und sucht nach dem drückenden Schmerz. Stijn ist auch da. Der Arzt und Stijn reden miteinander, und ihre Stimmen halten mich eine Zeit lang fest. Verstummen. Ich gleite in den Schlaf zurück.

Nebelschleier hängen zwischen den Dünen. Muss hindurchwaten. Ich werde in eine Ecke des Schulplatzes getrieben, wo Klassenkameraden mir auflauern. Lasst mich in Ruhe, sonst verfluche ich euch, sage ich drohend, doch sie machen sich über meine Angst lustig.

»Nur ruhig. Hier, trink das aus.«

Tante Dien hält mir ein Glas hin. Ein ekelhaftes Pulver in klarem Wasser. Austrinken. Tante Dien ist so gut.

Wohin mit mir? Ich traue mich nicht, hier zu sein.

Solange ich die Augen geschlossen halte, geht der Tag von selbst vorbei.

Ich war nicht bei der Beerdigung dabei, ich weiß alles nur vom Hörensagen – jedenfalls kein Strandwetter, denn es geht ein starker Ostwind. Denen im Dorf macht ein weniger schöner Tag nichts aus, der Sommer dauert noch lange, aber die Badegäste langweilen sich. Sie schlendern durch die Einkaufsstraßen oder setzen sich auf die Terrassen der Strandpavillons, hinter Glas. Sie besichtigen den Leuchtturm und klettern hinauf zum Glaskasten, um sich den aus dem Wasser gefischten Schädel eines Mammuts anzusehen und die Aussicht zu bewundern. In einem überfüllten Rundfahrtschiff verlassen sie das Dorf auf dem alten Rhein und fahren zu den Seen in der Umgebung der Stadt. Die wenigen Strandliebhaber, die sich nicht von den starken Böen abschrecken lassen, suchen Schutz hinter wild flatternden Windschutzplanen und versuchen, sich nichts aus dem Flugsand zu machen. Der Strand ist inzwischen übersät mit großen blauen Quallen.

Um zwei Uhr wird bei allen Pavillons die rote Flagge gehisst, weil es zu gefährlich geworden ist, im saugenden Meer zu schwimmen. In dem Moment verlässt ein Trauerzug die Große Kirche und bewegt sich hügelaufwärts zum Friedhof in den Dünen. Die Totenglocke läutet. Hohe Hüte wogen und schwarze Schuhe schlurfen voll Widerwillen über die Steine. Die Sargträger vorn legen mit ihren strengen Gesichtern die Straßen lahm.

Auf dem Friedhof warten schon viele Leute. Bekannte

von Vater, Mitglieder der Gesellschaft Alt-Zeewijk und Mitglieder des Kunstvereins Noorderlicht, aber auch Wildfremde. Die im Dorf reden in einem fort von Vaters und Mutters Verschwinden. Und weil die Küstersfrau den Mund nicht halten kann, wissen inzwischen auch alle vom Krach bei der Totenwache.

Der Trauerzug kommt beim Friedhof an. Ein paar Neugierige gehen rasch in die Halle, damit sie während der Reden unsere Familien gut im Auge behalten können und den Pfarrer, der sich bestimmt Rat weiß mit einem Mann, der die Frechheit hat, halb nackt angespült zu werden. Doch der Trauerzug geht einfach an der Halle vorbei. Nach dem gestrigen Abend traut sich keiner von den Familien Sandhof und Meyvogel mehr, etwas über Vater zu sagen.

Das letzte Wort hat Pfarrer Reigersma.

Er steht vor dem Sandhaufen neben dem Grab. Während der Trauerrede leckt er sich fortwährend die Lippen und wischt sich mit einem weißen Taschentuch die Stirn. Er sagt nur schöne Dinge. Nachdem er ein Stück aus der Bibel gelesen hat, lässt er singen, und der Sarg wird langsam an Seilen heruntergelassen. Zum Glück hat der Bestattungsunternehmer nicht vergessen, Vaters Porträt mit hineinzutun. Der Wind fegt den schleppenden Gesang zusammen und schleudert ihn hinter die Dünen. Ein paar Frauen weinen um einen alten Kummer, der sich löst.

Jetzt muss gebetet werden. Ergeben beugen alle den Kopf und falten die Hände — alle außer Stijn. Der Pfarrer hat noch nicht angefangen, da macht Stijn einen Schritt nach vorn und geht ganz nahe an ihm vorbei. »Warte!«, ruft der Pfarrer noch, aber Stijn tut, als hörte er es nicht; die Leute gehen ehrfürchtig zur Seite. Stijn schreitet davon wie ein Fürst, an den Gräbern entlang. Zögernd stimmt der Pfarrer das Gebet wieder an, während man auf die kräftigen Schritte auf dem Kiesweg horcht, die sich Richtung Ausgang entfernen.

So ist es gewesen.

ALS ICH AM FRÜHEN ABEND AUFWACHE, kann ich den Kopf wieder hin und her bewegen, die Kopfschmerzen sind vorbei. Ich schiebe die Beine über den Bettrand und will aufstehen, hinuntergehen, um Stijn zu sagen, dass es mir besser geht, aber da merke ich erst, wie schwach ich bin. Mir ist ganz schwindlig. Als ich mir die Hose anziehe, muss ich mich am Türpfosten festhalten.

Ich setze mich wieder aufs Bett, um zu verschnaufen, und hole den Kieselstein aus der Hosentasche. Ich lasse ihn über meinen Handteller rollen.

Mein Talisman. Vor ungefähr zwei Monaten habe ich das Steinchen bei der Flussmündung aus einem Spalt zwischen den Basaltblöcken befreit. Dafür sollte es mir Glück bringen. Bis vor kurzem glaubte ich das, denn der Tag, an dem ich den Kiesel fand, war ein besonderer: der erste warme Tag des Jahres. Es roch nach so vielen herrlichen Verheißungen für die Zeit nach der Schule.

An dem Nachmittag ging ich nach dem letzten Klingeln ans Meer, um am Strand entlangzugehen und darüber nachzudenken, was Herr van Parswinkel über die Entstehung der Erde erzählt hatte. Über Gebirgszüge, die die Erdkruste durchbrachen, Inseln, die aus dem Meer aufstiegen, Kontinente, die ins Treiben kamen, den Eisstau der Eiszeit. »Stellt euch vor«, hatte der Lehrer gesagt, »dass ihr die Augen eine Stunde lang weit offen halten könnt. Kurz bevor die Stunde um ist, in der allerletzten Sekunde, zwinkert ihr einmal ganz kurz mit den Augen. So kurz erst gibt es die Menschheit in der Geschichte der Erde. Nicht mehr als ein Augenblick in einer ganzen Stunde.«

Bei der Mündung, wo der zahme Rhein durch die Schleusen ins Meer fließt, kletterte ich auf die Basaltblöcke. Das Meer murmelte. In der Ferne zog ein Garnelenfischer ein Schleppnetz durch die Brandung. Ich steckte den Finger in eine Spalte zwischen den riesigen Findlingen und fühlte Wasser: vom Meer zurückgelassenes, lau gewordenes Wasser, das, wenn die Flut kommt, schon verdampft ist. Um wieder ins Meer zu gelangen, müsste das Wasser erst ein paar Mal als Regen auf das Land niederfallen, und ob es dann je die Küste von Zeewijk erreicht? Vielleicht erst nach Millionen von Jahren und erst, nachdem es zu Tausenden anderen Küstenorten auf der Erde geflossen ist. Aber dann wäre ich nicht mehr da, um ihm Guten Tag zu sagen oder es zu trösten, wenn es erneut zwischen den Basaltsteinen eingeklemmt würde.

Sie würden das gefangene Wasser nie frei geben. Sie waren ja selber mit Dynamit aus dem Berg gesprengt worden, von dem sie seit Millionen Jahren ein Teil gewesen waren. Man hatte sie auf Lastwagen verladen und nach einer langen Reise am Meer ausgelegt, wo sie jedes Mal, wenn die Flut kam, ein Brecher nach dem anderen mit voller Wucht überspülte. Die Basaltblöcke hassen das Meer. Durch das jahrelange Scheuern von Wasser und Sand sind sie so abgeschliffen, dass sie nie mehr an ihren Platz in den Bergen passen würden.

Damals entdeckte ich den in eine Spalte gerutschten Kieselstein. Im Unterschied zum Berggestein hat ein Kiesel kein Zuhause. Menschen werfen ihn von einem Ort zum andern, und manchmal hilft ihm auch der Wind auf die Sprünge. So streunt er über die Erde.

»Wenn du mir Glück bringst, gebe ich dich frei.«

Ich rieb ihn an meinem Ärmel sauber und betrachtete ihn von allen Seiten. »Wenn du mir sieben Mal Glück gebracht hast, suche ich dir eine schöne Stelle, wo du ganz lange liegen bleiben kannst.«

Zur Bestätigung küsste ich ihn auf alle Seiten vier Mal hintereinander.

Vielleicht sollte ich das Steinchen jetzt zur Mündung zurückbringen oder besser noch an eine schöne Stelle in den Dünen. Was man versprochen hat, muss man halten.

Ich ziehe meine Hose aus und krieche ins Bett zurück. Erst muss dieser Tag einfach vorbei sein. Wenn Stijn nach mir schaut, werde ich so tun, als wäre ich noch krank. Noch einmal schlafen, am liebsten die ganze Nacht durchschlafen. Doch ich höre das quälende Gekratze der Eichenzweige am Fenster und fühle mich auf einmal so schrecklich machtlos und im Stich gelassen, dass mir die Tränen kommen. Dreckig bin ich vom Fieber und den Träumen und dem stechenden Schmerz.

Heute wurde Vater beerdigt. Er hat das Land erreicht, während Mutter immer noch im Meer treibt, weit entfernt von der Küste und ganz allein.

Weinend taste ich nach dem Nachttischchen. Ich krame in der Schublade, in der ich die Unterwäsche versteckt habe. Ich muss Mutter fühlen und riechen. Den weichen Stoff ans Gesicht drückend, lasse ich mich zurückfallen und wälze den Kopf auf dem Kissen hin und her. Noch ist Mutters Duft hier bei mir, doch er wird schon schwächer.

Ihren Duft bewahren. Wie kann ich ihren Duft bewahren?

II

DIE VORHÄNGE SCHLIESSEN NICHT GUT. Staub, der sonst unsichtbar bleibt, hängt ertappt in den sich kringelnden Sonnenstrahlen. »Und Hiob starb, alt und lebenssatt.«

Ich warte, ob noch etwas aus dem Tonbandgerät kommt, doch dann hört auch das Rauschen auf, das Tantes Stimme die ganze Zeit begleitete. Stumm ziehen die Spulen das Magnetband weiter an den Köpfen entlang. Es ist noch genug Band übrig für mehr Kapitel, sehe ich.

Gerade als ich aufstehen will, um das Gerät auszuschalten, höre ich ein Klicken im Lautsprecher und das Eigengeräusch des Mikrofons. Das Rauschen ist wieder da, und Tantes Stimme auch: »Ich lese dir noch ein paar Psalmen vor, Wout.«

Rascheln von Papier. Tante fängt an. »Sende dein Licht und deine Wahrheit, dass sie mich leiten und bringen zu deinem heiligen Berg und zu deiner Wohnung ...«

Das Buch Hiob war spannender. Gott hatte eine Wette mit dem Teufel geschlossen, und wenn man sich auch vorstellen konnte, wer gewinnen würde, gelang es Tante trotzdem, mich kapitellang im Ungewissen zu lassen – wie in einer Hörspielserie, in der der Held zwar nicht sterben kann, aber man jedes Mal, wenn es gefährlich wird, doch Angst hat, dass es schief geht. Tante Dien klang traurig, wenn sie Hiob reden ließ, streng, wenn Gott sprach, klagend oder mürrisch, wenn Hiobs Freunde oder der unangenehme Eliphas den Mund aufmachten. Am Schluss klang sie vergnügt: *Hiob starb alt und lebenssatt*, Ende gut, alles gut. Zur Zeit der Bibel, als es Urwälder gab so groß wie Länder, und als die Flüsse und Seen noch so klar waren, dass man die Fische bis auf den Grund verfolgen konnte, wurden die Menschen unglaublich alt und von selber des Lebens müde. Dann legten sie ruhig den Kopf hin und schliefen für immer ein.

»Der folgende Psalm ist ein Brautlied«, sagt Tante. »Eine Unterweisung, ein Lied der Liebe. Für den Vorsänger.«

Schade, dass es draußen so nass ist, sonst würde ich in die Dünen gehen. In den Mulden und Dünenwäldern wachsen jetzt viele Pilze. Parasols, Siebsterne, Maronenröhrlinge. Stinkmorcheln in Hülle und Fülle, die nachts aus ihrem Hexenei brechen, und Fliegenpilze unter den Tannen des Gijzebos. Auch Sorten, deren Namen ich nicht kenne oder vergessen habe. Früher schlug Mutter sie für mich im großen Dünenbuch mit den ausklappbaren Bildern nach und las mir vor, was über sie geschrieben stand. Für manche Sorten hatte ich mir selber schon einen Namen ausgedacht. »Fransenband«, »Trompetchen« und »Rosenöhrchen« zum Beispiel, die nenne ich immer noch so. Und der »Meerpilz«, der eigentlich Knollenblätterpilz heißt und so grün ist wie das Meer in den Tropen und so furchtbar giftig, dass man mit Schaum auf dem Mund stirbt, wenn man von ihm isst.

Ich beuge mich zum Spalt zwischen den Gardinen und spähe in den Garten. Die alte Eiche tropft und glitzert vom letzten Regenguss. Vor ein paar Wochen hat Stijn, ohne vorher etwas zu sagen und ohne danach ein Wort darüber zu verlieren, die Säge aus dem Schuppen geholt und die Zweige zurückgeschnitten. Wenn man den Baum jetzt mit der Kraft eines Riesen schütteln könnte, würde ein Regen von funkelnden Tropfen auf den Garten fallen. In den Dünen platzen bei starkem Regen die Kugeln der Stäublinge auf, und schwarze Wölkchen von Sporen fliegen durch die Luft – Trillionen Sporen auf einmal, die nur eine Chance von eins zu zig Trillionen haben, auf fruchtbaren Boden zu fallen und dann auch noch auf die Spore eines anderen Stäublings zu treffen.

»Sie werden in des Königs Palast gehen. An deiner Väter Statt werden deine Söhne sein.«

Stijn hält gar nichts davon, dass ich mir Tantes Bibelbänder anhöre. Er sagt, ich nutze ihre Freundlichkeit aus, aber das stimmt nicht, Tante will es ja selber. Sie findet, dass ich Gottes Wort nicht entbehren darf, nur weil ich nicht lesen kann. Fast jede Woche bringt sie mir ein neues Tonband mit, auf das sie große Stücke aus der Bibel gesprochen hat. Stücke, die sie selbst am schönsten findet.

Die Schöpfungsgeschichte kam zuerst. Dann die Geschichten über die Erzväter, die Propheten und die Könige; Kapitel aus Jesaja und Jeremia. Als Nächstes will sie alles vorlesen, was in der Bibel über das Leben von Jesus geschrieben steht, vier ganze Bibelbücher. Ich verstehe nicht immer alles, aber die Sprache der Bibel ist so schön, dass man sich auch dann etwas vorstellen kann, wenn man nichts versteht.

Stijn hat natürlich Angst, dass ich durch Tantes Bibelbänder fromm werde. Er sagt, dass es Gott nicht gibt, und das ist schrecklich. Stijn redet dann vom Hunger und dem Elend in der Welt, vom Krieg und von den Juden – immer wieder von den Juden. Einmal ärgerte ich mich so darüber, dass ich schrecklich zu fluchen anfing, und da hatte er mich genau da, wo er mich haben wollte; er lachte mir ins Gesicht. »Da siehst du mal«, sagte er.

Aber Stijn sollte lieber den Mund halten, seine eigene Mutter will er für tot erklären lassen – in letzter Zeit redet er von nichts anderem mehr. Geld, viel Geld werden wir bekommen, aber erst muss Mutter für tot erklärt sein.

Ich wollte, ich wäre nicht dauernd so müde. Stijn sagt, dass ich vom Nichtstun müde bin, aber es kommt durch den Kummer, den ich mit mir herumschleppe.

Stijn ist eher böse als traurig. Böse über das, was im Sommer passiert ist und worüber er nicht reden will, böse auf alle, die es ihm in dieser schwierigen Zeit schwer machen. Auf seinen Chef, der ihn feuern will, wenn er noch einmal verschläft oder mit einem Kater zur Arbeit kommt. Auf den Bankdirektor, der das Geld von Vater und Mutter nicht herausrückt, solange es kein offizielles Papier gibt, auf dem steht, dass Mutter nicht mehr lebt. Auf die Beamten in der Stadt und die bei uns im Rathaus, die sich damit so lange Zeit lassen. Es ist viel Geld da, sagt der Bankdirektor, aber vorläufig können wir froh sein, dass Stijn jede Woche einen kleinen Betrag abheben darf. Dafür hat Piet Brussee vom Schallplattenladen gesorgt. Er ist eines Mittags mit Stijn zur Bank gegangen und hat den Direktor so lange bekniet, bis er damit einverstanden war.

Sobald Stijn an das Geld herankann, will er die Zimmer neu tapezieren und streichen. Stijn ist dabei, sich das Haus zurückzuerobern. Das große Schlafzimmer, wo man die Leere am stärksten spürt, hat er nach und nach in Besitz genommen.

Erst verschwand Mutters Frisiertisch. Dort hat Stijn seinen Schreibtisch hingestellt. Zum Glück konnte ich gerade noch rechtzeitig Mutters Toilettensachen, ihre Nylonstrümpfe und die Haarbüschel in ihren Kämmen und Bürsten retten. Stijn trug alle Kleider von Vater und Mutter auf den Speicher und hängte seine eigenen in die leer geräumten Schränke. Seine Wintersachen. Jeden Tag mehr. Schließlich räumte er die Nachttischchen aus und ging danach ins Albatros, um sich Mut anzutrinken. Denn an jenem Abend kroch er zum ersten Mal in das große Bett.

Jetzt hat er zwei Zimmer. Eins zum Schlafen und eins, das er als Musikzimmer benutzt. Das extra Zimmer braucht er für die Musiktruhe, eine funkelnagelneue mit großen Lautsprechern und einem Plattenspieler, der von selbst eine Platte nach der anderen abspielt. Von dem Geld gekauft, das wir nicht haben. Ich bin mir nicht sicher, aber ich glaube, dass Stijn ab und zu Gemälde aus dem Laden verkauft, ohne unseren Malern ihren Teil abzugeben. Ich traue mich nicht, ihn danach zu fragen.

Ich selber steure keinen Pfennig bei. Drei Tage habe ich es in der Rübenwäscherei ausgehalten, und den Job in der Gurkenfabrik, den ein Bekannter von Stijn für mich geregelt hatte, musste ich sogar schon nach einem Tag wieder aufgeben. Durch den Essig tränen einem die Augen, habe ich gesagt, doch der wirkliche Grund war das nicht. Ich habe Angst, nie mehr im Leben aus der Fabrik herauszukommen, wenn ich erst einmal dort arbeite. Jahraus, jahrein am Ende eines Fließbands zu stehen und Dosen in Kartons zu stellen. Plärrende Radios. Neonlicht. Und zu kleine Fenster direkt unter der Decke, sodass man nicht sehen kann, wie weit der Tag fortgeschritten ist. Es war nicht der scharfe Geruch von Eingelegtem, was ich an dem Tag gerochen habe, als ich bei der Mündung mein Glückssteinchen fand.

Trotzdem habe ich es nach diesem einen Tag am Fließband noch einmal versucht – am nächsten Morgen ging ich wieder los, kam aber nicht weiter als bis zur Sandtlaan, an der die Gurkenfabrik steht. Die Fabriksirene hatte schon geheult. Sobald man sie hört, muss man sofort an seinen Platz gehen, eine Schürze umbinden und am Fließband auf das zweite Zeichen warten. Ich konnte einfach nicht. Als ob mich ein Sturm von hinten anschöbe, rannte ich in die Richtung zurück, aus der ich gekommen war. An der Kreuzung zeigte die Ampel Grün, ich ging gleich über den Zebrastreifen und bog in die Rijnstraat ein. Noch ein kleines Stück, sagte ich mir, dann kehre ich um und renne wieder zurück und bin gerade noch rechtzeitig da, wenn die Sirene zum zweiten Mal heult. Doch wenige Minuten später ging ich schon an der Dorfkirche vorbei. Der Ton der Sirene war längst verklungen.

Den ganzen Rückweg war ich wütend auf mich selbst. Ich traute mich nicht nach Hause. Tante Dien würde im Lauf des Tages putzen kommen, und wie konnte ich ihr erklären, warum ich nicht zur Arbeit gegangen war? Ich streunte durch die Dünen und am Strand entlang. Wenn es regnete, stellte ich mich in Bunkern unter. Abends machte ich Stijn weis, dass ich mich nicht gut fühlte, und zog mich ohne Essen in mein Zimmer zurück, entschlossen, am nächsten Morgen wieder in die Fabrik zu gehen. Doch auch an den folgenden drei Tagen streifte ich durch die Dünen.

Stijn war rasend, als er dahinter kam, dass ich ihn betrog, aber Tante verteidigte mich. Stijn müsse ein wenig Geduld mit mir haben. Ich würde von selbst Arbeit suchen, wenn ich so weit sei.

Das war Anfang August. Jetzt ist es Mitte Oktober.

Zum Glück drängt Stijn mich nicht mehr.

Manchmal denke ich, dass mein Glückssteinchen damit zu tun hat. Wunder geschehen noch jeden Tag, meint Tante, nicht nur zu Zeiten der Bibel.

Wer weiß, vielleicht übernimmt Stijn den Laden. Er versteht nichts von Gemälden und von Buchhaltung, und der Notar und die Leute von der Bank finden, dass er das Geschäft verkaufen soll. Aber jetzt, wo Stijn alle naselang mit Dijksteeg von der Werkstatt Krach hat, spricht er immer öfter davon, dass er sein eigener Herr sein will, und das gibt mir Hoffnung. Dann brauche ich nicht in die Fabrik.

»Die Blutgierigen und Falschen werden ihr Leben nicht zur Hälfte bringen. Ich aber hoffe auf dich.« Tante liest, als ob sie träumt. Die Spulen wickeln einen schönen Satz nach dem anderen ab.

STIJN IST IM KINO. Ich stelle mir das Arcadia vor, all den angehäuften Sand hinter dem Boulevard nach dem windigen Wetter von voriger Woche, die zugewehten Fenster. Die Lichtbündel zweier greller Lampen kreuzen sich auf der Fassade. Das Arcadia ist weiß verputzt, wie der Leuchtturm, die Alte Kirche, die alten Fischerhäuschen. Die meisten Leute im Dorf sind so strenggläubig, dass sie immer Schwarz tragen, aber ihre Häuser und Kirchen streichen sie am liebsten schneeweiß.

Ich sehe das Gesicht der Frau an der Kasse vor mir. Ich stelle mir vor, dass sie gerade den Hauptfilm abspielen lässt. Bevor sie mit dem Zählen des Eintrittsgelds beginnt, schaut sie auf die Straße hinaus, wo hinter manchen Fenstern die Nachrichten über den Bildschirm flimmern.

Wir haben keinen Fernseher. Vater wollte nie einen haben. Auch Tante Dien ist dagegen, bei ihr ist das aber wegen ihres Glaubens. Man sieht schlechte Sachen, sagt sie. Trotzdem werden wir uns einen kaufen, sobald wir an das Geld auf der Bank herankönnen. Stijn hat es versprochen.

Heute Abend sind im Fernsehen nur gute und lustige Sachen zu sehen. Quiz-Sendungen und Shows mit Zauberkünstlern. Filme mit Spionen oder Cowboys und Indianern. Und *Bonanza*, das habe ich einmal bei Dirk Bakkenes gesehen, als ich ein Bild bei ihm abholen musste, und ich fand es sehr spannend. Dank *Bonanza* können alle, die sich jetzt die seriösen Nachrichten anschauen, nachher unbesorgt schlafen gehen. Die Amerikaner werden die rote Gefahr weiter bekämpfen, überall auf der Welt, bis hinauf zum Mond, wenn es sein muss – dem Mond, der in letzter Zeit durch alle meine Träume geistert.

Tante sagt, dass die Menschen auf den Mond wollen, weil sie nichts vom Krieg gelernt haben. Gott hat die Menschen in die Knie gezwungen, aber jetzt, wo der Kriegsschutt weggeräumt ist, wollen sie wieder hoch hinaus, geradewegs in den Himmel hinein, auf eine Höhe mit Ihm. Plötzlich soll alles anders werden. In den Städten, vor allem in Amsterdam, schlagen sich Provos und Hippies mit der Polizei. Sie veranstalten wilde Feste in den Parks und schlafen auf dem Damplatz.

Etwas von diesem städtischen Trubel macht sich auch bei uns im Dorf bemerkbar. Zum ersten Mal in der Geschichte von Zeewijk wurde hier demonstriert. Das war am Ende des Sommers, wegen des Freibads, das sonntags nicht aufbleiben durfte. Zwei Wochen lang zog Abend für Abend eine immer größer werdende Gruppe Demonstranten vom Schwimmbad zum Rathaus. Man rückte dem Bürgermeister auf die Pelle. Eines samstagnachts kletterten Jugendliche einfach über den Zaun des Schwimmbads und begingen den Sonntag mit einem wilden Bier- und Badefest – was die Polizei dann unsanft beendete. Es stand in allen Zeitungen, es kam sogar ins Fernsehen. Tante meint, im Dorf hätten sie sich immer noch nicht davon erholt. »Die Zeit ist krank«, sagt sie.

Vielleicht ist das der Grund dafür, dass der Besitzer des Arcadia *Auf gut Glück* wieder zeigt, einen Film, der im Zeewijk der Vorkriegszeit gedreht wurde. Weil die Zeit krank ist, haben alle Heimweh nach früher. Doch das ganze Dorf hat den Film schon mal gesehen, deshalb glaube ich nicht, dass viele Leute im Kino sind. Die Kassiererin notiert die Summe in ein Heft und zählt die Einnahmen noch einmal nach.

Stijn kommt wieder mal zu spät. Als er vor dem Schalter auftaucht, hat die Frau die Geldkassette schon weggestellt und blättert in einem Modemagazin. »Der Film hat aber schon angefangen«, warnt sie. Stijn zückt sein Portemonnaie trotzdem und lächelt einem Mädchen zu, das sich hinter ihn gestellt hat. Das Mädchen rafft den Kragen ihres Mantels zusammen und sieht in eine andere Richtung, als fände sie es schrecklich ordinär, dass einer Wechselgeld zurückbekommt.

Mit einer Taschenlampe in der Hand kommt die Kassiererin aus ihrer Kabine. Sie geht vor Stijn und dem Mädchen her, durch die Klapptüren in den dunklen Saal, in dem man Unterwasserstimmen hört.

ICH ERSCHRECKE über ein leises Knacken in den Balken über meinem Kopf. Ich sitze auf dem Fußboden zwischen Mutters Sachen und schaue auf meine Hand, die das schwarze Kleid streichelt. Meine Wangen fühlen sich klebrig an, auch wenn ich mich nicht erinnern kann, geweint zu haben – wie man manchmal nach einem langen Spaziergang auch nicht mehr weiß, was man unterwegs gesehen und gedacht hat. Das Letzte, woran ich mich erinnere, ist, dass ich ein Parfumfläschchen gegen das Licht der Deckenlampe halte und in den Zerstäuber kneife. Ein Nieselregen aus duftenden Tröpfchen rieselte hinter Mutters Kleid und ihren Nylonstrümpfen herunter, hinter den Haarbüscheln, der geheimen Unterwäsche und dem Einkaufszettel in ihrer schnörkeligen Handschrift.

Es ist gut, dass die Decke geknarrt hat, sonst würde ich noch lange durch meine Erinnerungen irren. Es ist ein unheimliches Geräusch, doch es macht mir keine Angst. Die Decke ist stark, aus dicken Brettern und Balken von vor langer Zeit abgewrackten Kuttern. Altes Holz knarrt nun mal. Überall im Haus.

Beim Speicher hat das erst vor etwa vier Jahren angefangen, nachdem er zu einem Arbeitszimmer umgebaut wurde. Vater war Sekretär der Gesellschaft für Alt-Zeewijk geworden und brauchte einen Raum, in dem er ungestört offizielle Briefe und Sitzungsprotokolle schreiben konnte. Unten war es dafür zu laut, daher wurden alle Säcke und Kartons, alle staubigen Sachen, mit denen ich früher bei Regen spielte, zum Sperrmüll gegeben. Ein Schreiner montierte die ausklappbare Bodentreppe ab und zimmerte eine feste Treppe zum Speicher. Legte einen neuen Boden, den er so oft beizte, bis an den steinhart geworderen Brettern sogar Wasser abperlte. Vater kaufte einen großen Schreibtisch und einen mit Leder bespannten Stuhl, eine Sitzecke für Gäste und einen antiken Wandschrank mit eingebauter Minibar und einem Radio. Schließlich ließ er den Schreiner einen Bücherschrank anfertigen, der die ganze Rückwand einnahm. Die Bretter füllte Vater später mit Büchern, die er von der Witwe des Apothekers Vos bekommen hatte.

Der Bücherschrank ist schuld daran, dass die Decke jetzt knackt. In den ersten Monaten nach dem Umbau habe ich mich oft auf einen Stuhl gestellt und nachgeschaut, ob ich Risse entdecken konnte. Nachts träumte ich, dass die Decke einstürzte und mich unter einer Lawine von Büchern und Möbeln begrub.

Ich gehe zum Tisch in der Ecke. Langsam hebe ich die Arme und lasse die Hände über dem Tonbandgerät schweben. Die Hände eines frommen Pianisten, unter denen jeden Augenblick ein Sturm geistlicher Musik losbrechen kann. Der Konzertsaal hält die Luft an und bereitet sich auf die Stoßwelle des ersten Akkords vor. Im letzten Moment drehe ich mich um und greife nach Mutters

Sachen. Ich lege sie in die Hutschachtel, die ich im Kleiderschrank hinter meinem alten Schulranzen und unter einem verblichenen Papierdrachen verstecke.

Jetzt muss nur noch das schwarze Kleid auf den Speicher zurück. Es gehört in die Plastiktüte im Regal. Stijn ist oft auf dem Speicher, und es kann gut sein, dass auch er das Kleid manchmal heimlich hervorholt. Ich kann nicht vorsichtig genug sein.

Mit dem Kleid über dem Arm verlasse ich das Zimmer und gehe zur Speichertreppe.

Bis vor ein paar Monaten stieg ich jeden Sonntag nach dem Abendessen genau wie jetzt hinauf. Dann wartete Vater in seinem Arbeitszimmer auf mich, das Damebrett stand schon mitten auf dem Schreibtisch. Seit ich beim Schulwettbewerb in der sechsten Klasse so gut abschnitt, haben Vater und ich jede Woche gegeneinander gespielt. Jetzt, wo er nicht mehr da ist, rühre ich das Brett und die Steine nicht mehr an.

Oben muss ich über allerlei Sachen steigen, um an das Regal zu kommen. Vater hat es noch fein säuberlich mit langen Bahnen braunem Vorhangstoff verhängen lassen. Er würde seinen Augen nicht trauen, wenn er das Durcheinander sehen könnte, das Stijn neuerdings macht. Ich taste hinter der mittleren Vorhangbahn nach der Plastiktüte und nehme sie vom Brett: die weiße Plastiktüte der Polizei. Immer noch fühle ich mich komisch, wenn ich sie öffne. Das Kleid falte ich dreimal zusammen und lege es vorsichtig auf die Sohlen von Vaters großen Schuhen, damit es weniger leicht den Geruch seiner Kleider annimmt.

Nachher muss ich mir gleich die Hände waschen.

Als ich die Tüte zurückstelle, fällt der Vorhang wieder an seinen Platz zurück. Die Tür des Arbeitszimmers steht einen Spalt offen, sehe ich, und ich drücke sie mit dem Zeigefinger weiter auf. »Das kleine Königreich deines Vaters«, spottete Mutter manchmal, doch auf die Dauer vergaß sie, dabei zu lachen.

Die enorme Bücherwand weist mich zurück. Ich kümmere mich nicht darum und setze mich an den Schreibtisch, knipse die Lampe an. Ich streichle das Telefon aus Bakelit, das nie angeschlossen worden ist. Hebe das gerahmte Foto daneben hoch, mit der Vergrößerung eines Fotos, das vor Jahren auf der Titelseite der *Zeewijkse Post* stand, als die Gesellschaft für Alt-Zeewijk nach der Brittenburg suchen wollte.

Hätten sie die Brittenburg doch nur gefunden! Ich weiß noch, dass die Gesellschaft eine Armee von Tauchern engagiert und sich von der Straßen- und Wasserbaubehörde einen umgebauten Kutter mit spezieller Sonarapparatur an Bord ausgeliehen hatte. Irgendwo in der Nähe der Flussmündung, nicht einmal besonders tief auf dem Meeresgrund, musste das römische Fort liegen – Vater und die anderen Mitglieder von Alt-Zeewijk waren sich völlig sicher, und im Dorf glaubte man ihnen. Wochenlang redeten die Leute über nichts anderes. Über das Fort und die gewaltige Sturmflut, die es hinweggefegt hatte. Und über das überschwemmte Dorf Persijn.

Dass aus dem Plan schließlich nichts wurde, daran ist der Direktor der chemischen Fabrik schuld, Doktor Vreege. Die Fabrik sollte die Taucher und das Sonarschiff bezahlen, aber im letzten Moment lud Doktor Vreege einige Gelehrte der Universität ein, und danach ging alles schief. Innerhalb kürzester Zeit verkrachten sich die Wissenschaftler mit den Leuten der Gesellschaft. Aus Rache, weil die Alt-Zeewijker sie aus dem Sitzungssaal geworfen hatten, machten sie das Projekt lächerlich. Und da hatten Doktor Vreege und seine chemische Fabrik auf einmal kein Geld mehr. Vater war wütend gewesen und hatte einen langen Artikel darüber geschrieben, der auf der Titelseite der *Zeewijkse Post* abgedruckt wurde, mit dem Foto, das ich in der Hand halte.

Ich drehe den Rahmen zum Licht und wische das Glas mit dem Ärmel sauber.

Vater steht mit wehendem Haar vor der Brandung, das Gesicht halb dem Fotografen zugewandt. Er hält sich einen alten Stich von Zeewijk vor die Brust. Wenn man genau hinschaut, sieht man direkt über seinem Zeigefinger die Ruinen des Forts auf den Strand gezeichnet. Mit der anderen Hand zeigt er aufs Meer.

Dort, scheint er zu sagen, dort liegt es.

»Glaubst du wirklich, dass sie die Brittenburg hätten finden können?«

Ich sitze auf der anderen Seite des Schreibtischs, als ich die Frage stelle. Vater sitzt da, wo ich jetzt sitze, das Damebrett steht zwischen uns, seine Hand schwebt über den Steinen. Kurz denke ich, dass er antwortet, doch dann macht er seinen Eröffnungszug. Ab jetzt darf nicht mehr geredet werden.

Seit ich auf Herrn Krogges Rat hin mehr übe, dauern die Partien gegen Vater viel länger. Ein paar Mal habe ich ein Remis geschafft, was für Vater dem Verlieren gleichkommt. Um überhaupt eine Chance gegen ihn zu haben, mache ich genau die gleichen Züge wie er, nur spiegelverkehrt, was nicht so schwierig ist, weil Vater mit Weiß spielt. Vater hasst es, einfach Steine zu schlagen. Schon bald staut sich alles auf der Brettmitte, und Vater bleibt nichts anderes übrig, als die Stellung zu öffnen. Je mehr Steine wir schlagen, desto schwieriger wird es für mich. Zurücknehmen ist verboten. Und ein dummer Zug bedeutet immer das Ende der Partie.

Auch jetzt. Für einen Augenblick habe ich nicht aufgepasst, und sofort schlägt Vater ein Loch in meine Verteidigung. Ich suche nach dem schlauen Zug, mit dem ich meine Stellung wieder verbessern kann, aber Vater lehnt sich schon zurück.

»Ich hätte es ihnen leicht zeigen können.«

Jetzt redet er wieder, die Partie ist vorbei. Vater schlägt mit der flachen Hand auf die Tischplatte und beugt sich vor. Er sieht mich kampflustig an.

»Gib mir die richtigen Gerätschaften und ich finde das Fort innerhalb eines Tages. Wenn es sein muss, allein.«

Ich knipse die Leselampe aus und stehe vom Stuhl auf. Auf dem Weg zur Tür bleibe ich kurz vor dem Modell eines Kutters in der Schrankwand stehen. Von einem Patienten der Heilanstalt, einem spastischen Mann mit Händen wie Klauen. Meine Hände sind schön und lang, die Hände eines Pianisten. Ich lege sie flach auf das Radio, trommle kurz mit den Fingern darauf, bevor ich es einschalte.

Vielleicht kann ich etwas Hübsches finden. Gestern Abend gab es eine neue Folge der *Zeitmaschine*, über einen Gastwirt aus der Zeit, als Männer noch Zöpfe trugen, der ein Mädchen verriet und dann zur Strafe lebendig eingemauert wurde. Eigentlich traue ich mich nicht, unheimliche Hörspiele zu hören. *Ferdinand Huyck* und *Im Herzen von Chicago* waren viel schönere Serien, aber die werden nicht mehr gesendet.

Während das grüne magische Auge heftiger blinkt, erklingt dröhnende Orchestermusik. Diesen Sender hat Vater zuletzt gehört, wird mir klar. Millimeter für Millimeter suche ich die Frequenzen weiter ab. In der Nacht, die das Haus umgibt, ziehen Musikfetzen vorbei, und Stimmen reden in allerlei Sprachen. Seelen, die nicht wissen, dass sie kein Zuhause mehr haben und ihre unverständlichen Geschichten trotzig dem leeren Raum erzählen. Ich schalte das Radio aus und lausche dem Anschwellen der Stille.

Plötzlich ist das starke, ängstliche Gefühl da, dass hinter meinem Rücken etwas Bösartiges lauert. Es ist nichts, das weiß ich, und doch habe ich keine Sekunde zu verlieren.

Rasch laufe ich aus dem Zimmer. Ich entkomme über die Treppe.

Im grellen Flurlicht werde ich unsichtbar wie ein Indianer auf der Jagd. Ich küsse mein Glückssteinchen, bevor ich in mein Zimmer gehe.

IM ARCADIA HALTEN SIE DIE LUFT AN. Der Ton ist schlecht, und niemand will ein Wort verpassen. Geert, Kniers querköpfiger Sohn, wettert gegen Reeder Bos: »Du zahlst meinen Lohn. Ich geb dir meine Arbeitskraft. Und ansonsten scher ich mich einen Dreck um dich.«

Kein Zeewijker würde es wagen, so zu seinem Chef zu reden, aber im Dunkeln können sie es Geert heimlich nachempfinden. Außerdem ist Reeder Bos ein Schurke. Er lässt die *Auf gut Glück* auslaufen, obwohl er doch weiß, dass das Schiff schon ganz morsch ist. Deshalb wird Geert ertrinken, und sein ängstlicher Bruder Barend mit ihm. Im Arcadia freuen sie sich schon auf die Szene, in der Knier die Nachricht bekommt und händeringend den berühmten Satz sagt von dem Fisch, der teuer bezahlt wird.

Reeder Bos ist rasend. Er fordert Respekt von Geert und spricht von grauen Haaren. »Wer gibt euch zu essen?«, schnauzt er ihn an. »Na?«

Doch Geert schlägt zurück: »Wer holt den Fisch aus dem Meer? Wer riskiert Tag und Nacht sein Leben und kommt fünf, sechs Wochen nicht aus den Kleidern? Wessen Hände sind denn wund vom Pökelsalz? Wer schläft wie die Tiere zu zweit im Käfig? Zu zwölft stechen wir gleich in See. Was bekommen wir vom Fang, und was du?«

Im Kino wird genickt und gemurmelt, doch dann beenden Geert und Reeder Bos ihren Streit, weil vor dem offenen Fenster des Fischerhäuschens Gesichter auftauchen. Mitglieder der Besatzung der *Auf gut Glück*, die auf dem Weg zum Hafen Geert abholen. Zeewijker Gesichter. Hier und dort im Kino erkennt jemand einen Verwandten oder einen alten Bekannten.

Schon bald geht das Gezanke weiter. Die Männer der *Auf gut Glück* schließen ängstlich das Fenster und gehen fort.

Bis auf einen. Ein älterer Mann mit Stoppelbart bleibt etwas länger im Bild. Er schaut Geert ernst an, eine Hand am Kinn, den Zeigefinger schräg auf den Lippen. Niemand im Arcadia erkennt ihn. Im Dorf wollte man ihn nach dem Krieg lieber rasch vergessen.

Reeder Bos kann Geert nicht in die Knie zwingen, und deshalb rächt er sich an dessen Mutter. Er sagt ihr, seine Frau könne sie nicht mehr weiter als Putzhilfe gebrauchen.

»Das kommt davon, wenn die eigenen Söhne das Nest voll scheißen.«

MITTEN IN DER NACHT knattert die Kreidler am Haus vorbei. Stijn ist endlich wieder da. Der Motor verstummt. Stijn hantiert an der Tür des Schuppens herum und stößt gegen etwas. Ich hoffe nur, dass er nicht wieder zu viel getrunken hat. Morgen ist Samstag, und obwohl er nur vormittags zur Arbeit zu gehen braucht, muss er doch früh raus und einen klaren Kopf haben. Ich höre, wie er etwas ruft.

Aus dem Garten antwortet eine Frauenstimme. Erneutes Rütteln.

»Verdammt, jetzt stoß ich mich schon wieder!«

»Psst. Nicht so laut.«

Ich lasse mich aus dem Bett gleiten. Als ich den Vorhang etwas zur Seite schiebe, sehe ich Stijn hinter der Eiche ein Mädchen küssen. Bleiche Hände klammern sich um seinen Rücken. Ich gehe in die Knie, sodass nur mein Kopf über die Fensterbank lugt.

Sie küssen sich lange. Das nasse Gras glitzert. Dann legt Stijn den Arm um das Mädchen und geht aufs Haus zu. Sie hält den Kopf gebeugt und kreuzt die Arme über der Brust; eine Schultertasche baumelt an ihrer Hüfte. Beide lachen, als sie ins Licht vor dem Küchenfenster treten.

In dem Augenblick schaut sie nach oben.

Gerade noch rechtzeitig kann ich mich ducken. Weil ich mich nicht mehr traue, aus dem Fenster zu schauen, krieche ich ins Bett zurück, spitze aber weiter die Ohren, um kein Geräusch von unten zu verpassen. Das verschwommene Bild des zu mir erhobenen Gesichts lässt mich nicht los.

Die Klospülung rauscht. Eine Tür schlägt zu, ich höre Gläser klirren.

Eine ganze Weile bleibt es still.

Küssen sie sich? Bestimmt greifen sie sich gegenseitig unter die Kleider.

Kielholen. Plötzlich dieses Wort. Es ist das, was Jungen mit Mädchen in den Dünen tun, und worüber auf dem Schulhof aufgeregt geflüstert wird. Ich muss es laut sagen. Meine Hand schiebt sich in meine Unterhose, während ich in dem Lichtfleck vor meinen Augen nach einem Gesicht suche, nach einem Mund, der sich öffnet. Eine Zunge leckt. *Komm. Komm und kielhol mich.*

Das gehört sich nicht. Nicht Stijns Mädchen. Ich stelle mir ein anderes vor. Sie steht nachts am Rand eines zugefrorenen Sees in den Dünen und hat sich wie ich Schlittschuhe angeschnallt. Sie schaut verwundert auf, als ich vom anderen Seeufer herübergleite. Alles schläft. Das Eis glänzt. Das Mädchen nimmt die Mütze ab, schüttelt die langen Haare und zieht sich den weißen Pullover über den Kopf. Sie wagt nicht, mich anzuschauen, und läuft mit langen Schritten zum Rand des Sees, wo schlafende Schwäne langsam im Eis festfrieren. Während das

Mädchen dahingleitet, verliert sie den Rest ihrer Kleider. Als ich hinter ihr herlaufe, passiert mir das Gleiche. Bitterkalt ist der Wind auf meiner nackten Haut. Das Mädchen wendet sich um, und wir fangen an, und wir drehen uns im Kreis umeinander, in immer kleineren Kreisen auf dem immer größer werdenden See, bis wir einander zitternd in die Arme fallen.

Ich bin wieder mal enttäuscht von mir selbst. Ich will mit der verlockenden Stille da unten nichts zu tun haben. Ich ziehe mir die Decke über den Kopf gegen die quälenden Gedanken.

GEPOLTER IM FLUR, dann im Bad. Die Vögel im Garten zwitschern verhalten, denn es ist noch früh und still. Solange ich mich nicht bewege, fühle ich meinen Körper nicht, und dieses Gefühl der Schwerelosigkeit muss ich eine Zeit lang festzuhalten versuchen, jedenfalls solange Stijn hier oben herumläuft.

Dann wird die Badezimmertür zugeschlagen. Schritte hallen im Flur, und das, wovor ich Angst habe, geschieht: Stijn klopft an die Tür, so laut, dass es wehtut.

»Bist du schon wach?«

Nicht antworten.

»Aufwachen, Wout! Ich mache uns Spiegeleier. Willst du auch eins?«

Wenn ich verhindern will, dass Stijn hereinkommt, muss ich schnell etwas sagen, Mund und Kiefer bewegen, den Tag ankurbeln.

»Okay«, stöhne ich.

»Ein Ei oder zwei?«

»Zwei.«

»Willst du Schinken dazu?«

»Ja.«

»Kommst du dann?«

»Ich komme.«

Als ich mich angezogen habe und kurz darauf in die Küche gehe, ist Stijn hektisch am Herd beschäftigt. Die Tür zum Garten steht einen Spalt offen, damit der fettige Qualm abziehen kann, allerdings kriecht jetzt auch der kalte Küstennebel ungehindert herein. Das scheint Stijn in seinem dünnen T-Shirt nicht zu stören; fröhlich klopft er mit einem Holzlöffel auf die zischenden Eier. »Die sind fertig. Setz dich.«

Als würde er wertvolle Fische aussetzen, so behutsam lässt er die Spiegeleier auf die Weißbrotscheiben gleiten. Am liebsten würde ich zu ihm gehen und mich mit dem Gesicht an ihn drücken, aber zum Glück bleibe ich stehen, wo ich bin. Stijn streut Pfeffer und Salz auf die Eier und fängt an zu singen. Die ganze Strophe eines englischen Lieds aus dem Radio singt er, als koste es ihn keine Mühe. Den Text hat er natürlich aus dem Blatt mit den fleckigen Schwarzweißfotos von Sängern und Beatbands, Stijn ist nämlich überhaupt nicht gut in Fremdsprachen. Vor ein paar Wochen rief jemand aus dem Ausland bei uns an, der behauptete, Vater zu kennen. Stijn radebrechte eine Zeit lang in den Hörer, musste aber schon nach ein paar Sätzen auflegen, weil er nicht verstand, was der Mann wollte.

Schwungvoll stellt Stijn den Teller vor mich hin. Um mich zu hänseln, singt er mir ins Ohr. Damit er aufhört, frage ich, wie der Film war.

»Geht so«, sagt er. »Man sieht sich dauernd um, ob keine Bekannten da sind.«

Ich kapiere nicht, warum er ihn sich noch mal angeschaut hat. Wir haben den Film schon einmal mit Mutter gesehen, das ist noch gar nicht so lange her. Er ist eigentlich ganz spannend, zugegeben, doch die Schauspieler benehmen sich zu städtisch und reden zu anständig für Fischer. Über solche Sachen kann ich mich ärgern, und auch über die langen Pausen und die stickige Luft im Arcadia. Es sind auch immer ein paar Typen da, die Bierflaschen über den Fußboden rollen lassen oder absichtlich laut rülpsen und lauter Zeug vom Balkon herunterwerfen. Bevor es still ist, hat der Film schon längst angefangen, und ich habe den Faden verloren, besonders, wenn es ein ausländischer Film ist mit Untertiteln.

Stijn setzt sich und zählt auf, welche Bekannten er gesehen, welche Stellen und Gebäude er wiedererkannt hat. Onkel Koos hat er am Leuchtturm vorbeigehen sehen, unseren Großonkel, der schon tot war, bevor wir auf die Welt kamen. Auch Vaters früherer Chef spielt in dem Film mit, aber das ist etwas, was Stijn bestimmt nicht weiß, das weiß ich von Mutter. Als wir den Film sahen, habe ich gut aufgepasst, denn er ist nur ganz kurz im Bild: in der Szene, in der der älteste Sohn von Kniertje mit dem heimtückischen Reeder Streit anfängt. Da sieht man ihn zwischen anderen Zeewijker Männern am Fenster einer Fischerhütte stehen. Ein Mann mit Stoppelbart – sein Name will mir nicht einfallen. Mutter seufzte tief und wischte sich heimlich die Augen, als sie ihn sah.

Ob Stijn mit dem Mädchen im Kino war?

»Du bist heut Nacht wohl spät nach Hause gekommen?«

Stijn legt Messer und Gabel hin und lacht geheimnisvoll.

»Gestern Abend hab ich ein Mädchen mitgebracht.«

»Wirklich?«

»Dass du nichts gemerkt hast!«

Ich wende den Blick ab und schenke mir ein Glas Milch ein.

»Ich kenne sie schon eine Zeit lang aus dem Albatros. Du wirst sie mögen, glaub ich.«

Verliebt wie er ist, lehnt er sich genüsslich zurück. Ich fuhrwerke mit dem Messer in dem zähen Schinken herum und bemühe mich, erstaunt auszusehen.

»Sie heißt Lisa. Lisa Vooijs.«

Stijn ist so erfüllt von dem Mädchen, dass er mir am liebsten sofort alles über sie erzählen möchte. Dass sie sehr hübsch und patent ist und in Bedekers Frisörsalon arbeitet. Dass sie etwas von Autos versteht und so schnell wie möglich von zu Hause weg will. Den Frühling und Sommer über hat sie bei einer Freundin in Amsterdam gewohnt, ihre Eltern haben sich vor kurzem getrennt.

»Ich werde sie morgen zum Mittagessen einladen, dann könnt ihr euch kennen lernen. Ist dir das recht?«

Dabei schaut er so begeistert, dass mir nichts anderes übrig bleibt, als ja zu sagen.

»Schön.«

Stijn schiebt sich den Rest des Spiegeleis in den Mund und nimmt seinen Overall von der Stuhllehne. »Ich muss gehen. Ich komme übrigens nicht zum Mittagessen. Nach der Arbeit muss ich noch was erledigen.«

Ich höre ihn lange in den Küchenschränken kramen und mit einem Schlüsselbund rasseln. Ich reiche ihm seine Brotbüchse, bevor er sie vergisst. Wie immer lässt er das dreckige Gummi ein paar Mal gegen das Blech schnalzen.

»Sag es Tante lieber noch nicht. Das kommt schon noch, ja?«

Als er die Küche verlässt, pfeift er den Refrain des englischen Liedes, so laut er kann.

Gerade als ich mit dem Abwasch anfangen will, klingelt das Telefon. Ich ziehe die Hände aus dem Seifenwasser, drehe den Wasserhahn zu und laufe ins Wohnzimmer.

»Wouter Sandhof.«

Jemand am anderen Ende atmet schwer, sagt aber nichts. Sicherheitshalber wiederhole ich meinen Namen, aber sofort danach ertönt das Besetztzeichen. Ich lege auf. Wische mit dem Ärmel das Seifenwasser vom Hörer. Dann klingelt das Telefon wieder. Diesmal trockne ich mir erst in aller Ruhe die Hände an der Hose ab. Besonders freundlich wiederhole ich meinen Namen.

Ich höre ein leises Zögern auf der anderen Seite. Eine tiefe Männerstimme: »Wouter, sagst du …? Du bist sicher der Jüngste. Wie alt bist du denn jetzt, Wouter?«

»Fünfzehn.«

Darüber muss der unbekannte Anrufer kurz nachdenken. »Junge, Junge«, sagt er dann, »als ich so alt war wie du, war ich auch schon Waise, wusstest du das …? Sag mal, Wouter, deine Mutter, die haben sie immer noch nicht gefunden? Oder?«

»Wer sind Sie?«, flüstere ich.

»Erzähl mir doch mal, seid ihr reich? Dein Vater hatte bestimmt viel Geld auf der Bank, nicht? Weißt du etwas darüber?«

Ich lasse den Hörer sinken, fühle, wie die gruselige Stimme zu meinem Handteller spricht. Diesmal bin ich es, der die Verbindung abbricht. Den Hörer lege ich neben den Apparat, sodass mich niemand mehr stören kann.

Kurz darauf schrubbe ich ziemlich grob das Geschirr in der Küche und singe laut die Angst aus mir heraus.

ICH HALTE MICH AN DAS, was ich Stijn versprochen habe, ich erwähne das Mädchen nicht, als ich am späten Vormittag mit Tante Dien Besorgungen für die ganze Woche mache. An das unangenehme Telefongespräch mag ich nicht mehr denken. Stijn hat bestimmt im Albatros angegeben und gesagt, dass er reich wird, und jetzt will jemand ihn aus Neid schikanieren – jemand, der auch Waise war, als er so alt war wie ich, und der Stijn nicht ausstehen kann, denn sonst tut man so etwas nicht.

Im Supermarkt lässt Tante Dien sich Zeit. Sie schlendert an den Regalen entlang und nimmt jedes Päckchen und jede Dose unter die Lupe, bevor sie die Sachen in den Korb legt. Ich gehe schon mal zum Ausgang und warte, bis sie endlich an der Kasse auftaucht. Als ich ihr das Portemonnaie reiche, das Stijn für sie hingelegt hat, stellt sich heraus, dass schon wieder zu wenig Geld darin ist.

Draußen kostet es mich wegen der beiden bleischweren Taschen an meinem Lenkrad Mühe, mit ihr Schritt zu halten. Es ist so voll in der Voorstraat, dass sie wie von selbst schneller geht. Sie macht sich Sorgen um Stijn. Irgendein Verwandter hat ihn an einem Wochentag abends betrunken aus dem Albatros kommen sehen. Sie will wissen, ob Stijn zu viel trinkt oder sonst irgendwelche komischen Sachen macht, über die sie Bescheid wissen muss. »Sag es ehrlich«, sagt sie und legt mir streng die Hand auf den Arm. Ich finde es hinterhältig, wie unsere Onkel und Tanten, die wir nie sehen, uns nachspionieren; deshalb sage ich, dass es Stijn im Gegenteil gerade sehr gut geht und dass er in letzter Zeit so fröhlich ist. Um das Genörgel los zu sein, rede ich mit übertriebener Begeisterung von dem Tonband mit dem Buch Hiob, und das funktioniert, Tante vergisst ihre Besorgnis sofort.

»Wunderlich, wie der Herr uns führt. Manchmal landet man wie Hiob auf dem Misthaufen und fragt sich, warum Er das geschehen lässt. Doch Er hat mit jedem von uns etwas vor. Gottes Ratschlüsse sind unerforschlich, glaubst du das?«

Ich sage ja, und Tante streichelt mir froh über den Kopf. Beim Fotoladen an der Ecke der Torenstraat, wo wir uns trennen, schwärmt sie immer noch von den unerforschlichen Ratschlüssen Gottes. »Er sorgt für jeden, zu Seiner Zeit. Auch dich liebt er, vergiss das nicht.«

Ich weiß nicht so recht, was ich von Gott halten soll. In der Bibel ist er im einen Moment heilig und fürsorglich, im nächsten fährt er bei der geringsten Kleinigkeit aus der Haut und wird entsetzlich grausam. Ohne Bedenken lässt er zu, dass Hiobs Kinder getötet werden. Später bekommt Hiob zwar neue Kinder, aber damit hat er doch seine ersten Söhne und Töchter nicht wieder. Ich würde auch keine neuen Eltern wollen.

Ich betrachte die Hochzeitsfotos im Schaufenster. Auf

einer Unterlage aus Sand und Muscheln sind Foto-
apparate, Kameras, Filmrollen und Fotorahmen aus-
gestellt. An der Rückwand hängt die riesige Vergrößerung eines alten Fotos, eine Ansicht des Boulevard, vom
Leuchtturm aus aufgenommen. Fischkutter auf dem
Strand, Spaziergänger auf der Strandpromenade, von denen die meisten schon seit Jahren tot sind. Zeewijk zur
Zeit von *Auf gut Glück* ... Auch Tante hat für Vaters alten
Chef, der darin mitspielt, gearbeitet. Mutter hat das mal
erzählt, dadurch haben Vater und Mutter sich kennen gelernt. Weil Mutter Tante beim Saubermachen des Hauses
half. Ich müsste Tante mal danach fragen. Vielleicht hört
sie dann mit ihren Geschichten über Hiob und Gottes
Ratschlüsse auf.

Ich warte auf die nächste Pause in ihrem begeisterten
Gerede.

»Du hast doch früher für denselben Chef gearbeitet
wie Vater«, unterbreche ich sie.

Sie schlägt die Hand vor den Mund. »Du lieber Himmel, meinst du Herrn Bender? Wie kommst du denn auf
den?«

Herr Bender. Jetzt weiß ich es wieder.

»Stijn ist gestern in *Auf gut Glück* gegangen«, sage ich.
»Darin spielt Herr Bender mit, wusstest du das?«

Ich sehe Tante im Gedränge der Einkaufsstraße ver-
schreckt nach der Vergangenheit suchen. Offensichtlich
ist es dort nicht angenehm.

Ich hätte nicht davon anfangen sollen. Für ihr Gefühl
ist das Kino nicht der Ort, an dem man Gott begegnet.

Jetzt weiß sie, dass Stijn gestern Abend dort gewesen ist, und so etwas hört sie lieber nicht.

»Herr Bender war ein guter Mensch. Dein Vater hat ihm viel zu verdanken. Er ist wie ein Vater für ihn gewesen. Ich würde ...«

Doch dann schweigt sie, ziemlich lange. Es macht mich nervös, und ich steige auf mein Fahrrad, das sich so stark neigt, dass ich beinahe umfalle.

Der obere Teil der Roest van Limburgstraat muss früher eine steile Düne gewesen sein, denn ich komme ins Schwitzen. Herr Bender wurde vergast, doch davor ist er, sagt Tante, wie ein Vater für Vater gewesen. Darüber denke ich den ganzen Heimweg nach.

Seinen eigenen Vater hat Vater nicht gekannt. Er war fünf, als der bei einem Unfall auf einem Handelsschiff ums Leben kam. Zerschmettert von einem Teil der Ladung, die ins Rutschen gekommen war — das hat Oma Sandhof erzählt, als sie noch lebte, aber Onkel Kees zufolge ist er in Indonesien am Tropenkoller gestorben. Innerhalb von wenigen Minuten verblutet. In einer Hafenkneipe niedergestochen, als er einfach so jemandem an die Gurgel sprang. Vater sagt, davon sei nichts wahr. Als ich ihn einmal danach fragte, zeigte er mir ein Foto von einem Mann, der so blond war wie Stijn und doch ein Fremder. Auch für Vater ein Fremder. »Dein Opa Sandhof«, sagte er ehrfürchtig.

Er zeigte mir ein Foto von einem Vater, den er kaum gekannt hat, aber Herrn Bender hat er nie erwähnt. Das eine Mal, als Stijn und ich uns mit Mutter *Auf gut Glück* ansehen gingen, wollte er absolut nicht mit.

Erledigt komme ich nach Hause. Als die Einkäufe alle weggeräumt sind, habe ich keine Lust mehr, in den Dünen nach Pilzen zu suchen. Im Wohnzimmer lege ich den Hörer wieder auf, setze mich an den Tisch und blättere im großen Dünenbuch. Ich betrachte die ausklappbaren Bilder.

Tante Dien kommt am späten Nachmittag vorbei, um zu kochen und das Haus für den Sonntag zu putzen. Meine unangenehme Frage beim Fotoladen hat sie längst wieder vergessen. Jedenfalls kommt sie nicht darauf zurück. Ich sauge im Vorder- und Hinterzimmer Staub und schäle einen großen Topf Kartoffeln, dann warten wir in der Küche auf Stijn. Er kommt erst nach den Sechs-Uhr-Nachrichten nach Hause, denn er hat den ganzen Nachmittag gebraucht, um Ventile einzustellen und einen Keilriemen auszutauschen, sagt er. Er ist Tante gegenüber auffällig nett. Beim Essen ist er ständig ihrer Meinung. Doch als sie von der Verlobung unseres Vetters Gijs erzählt und sagt, sie hoffe so, dass es auch Stijn vergönnt sei, einem guten Mädchen zu begegnen, warnt er mich mit den Augen. *Nimm dich in Acht, nichts der Tante sagen!*

»Nichts deinem Vater sagen.«

Mutter steht vor dem Frisierspiegel und schüttelt das Haar. Sie ist gerade aus der Stadt zurückgekommen und hat ein neues Kleid aus der Einkaufstasche genommen – das schwarze Kleid, das jetzt im Regal auf dem Speicher liegt. Prüfend hält sie es sich vor. Sie streicht über den schwarzen Stoff und beißt sich auf die Unterlippe.

»Und? Sag mal ehrlich, steht es mir?«

»Wunderbar.«

»Wirklich? Warte, ich ziehe es an. Nicht gucken.«

Sie kann mich im Spiegel sehen. Ich sitze auf dem Bettrand und schaue weg, als sie die Bluse und den Rock auszieht. Ich höre ihre Kleider knistern und rascheln. Als ich wieder hinsehen darf, ist das Kleid hinten noch einen langen Schlitz weit offen. Sie beugt sich vor und versucht, die untersten Knöpfe tastend zu schließen, doch dadurch geht das Kleid nur weiter auf.

»Hilf mir mal. Ich komm nicht dran.«

Ich stehe vom Bett auf und stelle mich hinter sie. Sie breitet die Arme aus, während ich ungeschickt den ersten einer langen Reihe Stoffknöpfe zumache.

Vater weiß nicht, dass sie in der Stadt gewesen ist. Wenn ihm das Kleid heute oder morgen auffällt und er sie fragt, ob es neu ist, wird sie verwundert sagen, es hänge schon seit Monaten im Schrank. »Frag nur Wouter«, sagt sie dann, und ich werde es bestätigen. *Falls* Vater überhaupt danach fragt. Das neue Kleid ist unser Geheimnis, darum darf ich es zuknöpfen, und darum findet sie es nicht schlimm, dass ich ihren BH sehe, den Abdruck der Träger auf ihren Schulterblättern, die Sommersprossen und Pickelchen hier und dort.

Wie gut sie riecht. Ihre Haut fühlt sich schweißig an unter meinen kriechenden Fingern, und spontan drücke ich ihr einen Kuss auf den Rücken. Kichernd hebt sie den

Kopf und sucht mich im Spiegel. Doch ihr Gesicht verzieht sich, und schnell mache ich die letzten Knöpfe zu. Auch ich bin erschrocken über das, was sie im Spiegel sah.

Später am Abend, nachdem Stijn und Tante Dien kurz nacheinander gegangen sind, will ich das schwarze Kleid vom Speicher holen, doch als ich schon mit einem Fuß auf der untersten Stufe stehe, schaue ich ins Dunkel des Treppenhauses und traue mich nicht, den Lichtschalter umzudrehen – ich habe Angst vor dem, was gestern in Vaters Arbeitszimmer hinter mir lauerte.

Es ist kindisch, sich selbst so viel Angst einzureden; Mutters Sachen aus der Hutschachtel liegen schon in meinem Zimmer ausgebreitet und warten auf mich. Ich gehe trotzdem hinunter. Meine Hände werden Pistolen, mit denen ich die Stille in Schach halte.

Im Wohnzimmer bringt das Radio Rettung mit einem Wunschkonzert. Der Moderator gibt vergnügt Nachrichten von Hörern weiter. Glückwünsche und Herzliche Grüße, Gute Besserung und Alles Gute. Am dunklen Abend, während der Regen an die Scheiben schlägt, hört das ganze Land gemütlich zu.

DAS ERSTE, WAS ICH VON IHR SEHE, als ich zögernd den Kopf zur Wohnzimmertür hereinstecke, ist ihr volles dunkelblondes Haar, das ihr in Locken auf die Schultern fällt. Sie sitzt mit dem Rücken zu mir am Tisch und trinkt mit Stijn Tee.

»Das wird er sein«, sagt sie.

Langsam dreht sie den Kopf. Ihre trägen Augen heften sich auf mich, und ich versuche zu sehen, was sie jetzt sieht. Dass ich für mein Alter viel zu klein bin. Mein rotblondes Haar. Noch immer Sommersprossen vom letzten Sommer im bleichen Gesicht und hässliche weiße Wimpern, die ich einmal mit Mutters Wimperntusche ein kleines bisschen dunkler gemacht habe. Jeden Tag etwas dunkler, dann fällt es nicht auf, nahm ich mir vor. Aber abends bei Tisch merkte Mutter es sofort, und sie und Vater und vor allem Stijn hatten einen Riesenspaß.

»Tag«, sagt sie, während sie mich von oben bis unten mustert.

Mit ihrer Stimme drängt sie mich zur Couch am Fenster. Als ich mich hinsetze, zuckt mein Kopf ein paar Mal merkwürdig. »Ich hab gar nicht gemerkt, dass es schon so spät ist«, sage ich zu Stijn.

»Das kommt bei dir öfter vor«, meckert er. »Wir können gleich essen.« Er nimmt die Teekanne vom Stövchen und hält sie hoch. »Du noch, Lisa?«

Schön ist sie. Zerbrechlich. Aber ihre Augen sind stark. Träge, aber sehr stark, und darum glaube ich nicht, dass sie mich vorgestern Abend hinter dem Fenster hat stehen sehen; ich hätte es bestimmt gespürt. Sie hätte mich für einen Heimlichtuer gehalten.

»Tee, Wouter?«

Erleichtert schüttle ich den Kopf, und Lisa redet weiter, über einen Krach heute Morgen mit ihrer Mutter. Darüber unterhielten Stijn und sie sich wahrscheinlich, bevor ich hereinkam. Mir fällt ein, dass ich das alte Aquarium für die Pilze nehmen kann, die ich heute Morgen gesammelt habe und die jetzt in einem Schuhkarton im Schuppen stehen. Einen der Pilze hatte ich vorher noch nie gesehen: ein kleiner schwarzer mit gewölbtem Hut und einem Stiel mit tiefen Rillen, den ich vorläufig »Melone« nenne. Ich werde später im großen Dünenbuch nachsehen, ob ich von ihm eine Abbildung finde.

Lisa redet immer aufgeregter. Sie wird ziemlich grob, als sie über ihren Vater spricht, der letzte Woche bei einer anderen Frau eingezogen ist, einer »Leidener Schlampe«. Stijn ist beeindruckt von Lisas ordinärer Sprache. Er nickt und grinst über beide Ohren und strengt sich dabei an, auch ein böses Gesicht zu machen. Sie hat bestimmt vergessen, dass ich auch noch da bin. Ich huste ein paar Mal übertrieben laut. Sie senkt sofort ihre Stimme.

»Lass uns nicht mehr darüber reden«, sagt sie prompt zu Stijn.

Zu dritt haben wir den Tisch gedeckt. Die Wut ist aus dem Zimmer verschwunden, und wir essen unser Abendbrot. Ich wage es jetzt, Lisa, die mir gegenübersitzt, einfach anzusehen. Sie lächelt mir manchmal zu, und ihre Augen werden dann weich, um ihr Kinn erscheinen lustige Falten. Es sieht schön aus, wie ihre Wangenknochen sich unter der Haut bewegen, wenn sie lacht oder kaut.

Sie erzählt von Bedekers Frisörsalon, wo sie die Haare der Kundinnen vor dem Schneiden wäscht. Blöde Ziegen mit altmodischen Dauerwellen, meint sie. In Zeewijk hinke alles zehn Jahre hinterher. Voller Bewunderung erzählt sie von Amsterdam, wo sie ein halbes Jahr in einem Studentenheim bei einer Freundin gewohnt hat, eigentlich einer Großnichte, die an der Uni studiert. Sie beschreibt die fantastischen Partys, auf die sie jedes Wochenende ging; die komischen Hippies und netten Studenten, die sie durch ihre Freundin kennen lernte. Und im Zimmer unter ihr wohnte ein Philosoph, ein Schatz von einem Mann, mit dem sie sich viel unterhalten hat, wenn er auch etwas still und ein bisschen merkwürdig war.

»Ich kenne auch so 'n Spinner«, sagt Stijn höhnisch, »Ijsbrand van Klaveren. Von Jaap van Klaveren, dem Baufritzen. Der studiert auch.« Und dann erzählt Stijn etwas, worüber er nie geredet hätte, wenn Lisa nicht mit so viel Sehnsucht von ihrem Amsterdamer Philosophen geschwärmt hätte.

»Eines Abends«, sagt Stijn, »sitze ich im Albatros an der

Theke. Kommt Ijsbrand auf mich zu. Stockbesoffen. Er will schon die ganze Zeit mit mir reden, sagt er. Ijsbrand hat damals die Kleider von Vater und Mutter bei Skuyte-vaert gefunden. Das habe ich dir doch erzählt, Wout …? Bist du sicher?«

Nein, das hat er nicht und das weiß er genau.

»Nun, jedenfalls die Kleider, das liegt ihm schwer auf dem Magen. Also spendiere ich ihm ein Bier und noch eins. Und dann fängt er plötzlich an, absurdes Zeug zu reden. Dass sich alles wiederholt und dass Menschen für immer in ihr Leben eingeschlossen sind. Alles Leben ist Energie, sagt er, und von der Energie geht im Weltall kein Gramm verloren.«

»Das ist doch ein schöner Gedanke«, findet Lisa.

»Es wird noch viel verrückter. Nach noch einem Bier behauptet er, dass wir unser Leben immer wieder von neuem leben müssen. Das gleiche Leben, tausend Mal hintereinander, aber jedes Mal ein ganz klein bisschen anders, weil wir jedes Mal ein ganz klein bisschen andere Entscheidungen treffen. Oder vielleicht hat er auch ge-sagt, dass wir tausend Leben gleichzeitig leben, was weiß ich. Irgendwann kapier ich überhaupt nichts mehr. Zum Schluss zeichnet er eine Zahl auf einen Bierdeckel, eine komische Acht, und damit glaubt er, alles erklären zu können.«

Verächtlich schüttelt er den Kopf. »Ich wollte, ich könnte das, den ganzen Tag auf der faulen Haut liegen, wie der Ijsbrand. Ein bisschen lesen und lernen und dann abends in die Kneipe, blödes Zeug quatschen.«

Ich denke über Ijsbrand nach und seine tausend Leben. Dass alles sich wiederholt. Wie bei einem Steinkind, nur etwas anders.

»Wenn du auch Däumchen drehen willst, dann mach das doch«, sagt Lisa spitz. »In ein paar Wochen ist der Laden verkauft, und dann hast du Geld wie Heu. Was hält dich davon ab?«

Es dauert eine Weile, bis ich kapiere, was Lisa sagt.

»Verkaufst du das Geschäft?«

Stijn nickt.

Alles bricht zusammen, als ich ihn sagen höre, dass er schon drei Käufer hat.

»Wir reden noch darüber«, sagt er. »Das Geschäft muss vor dem Wochenende leer sein, das habe ich mit dem Makler verabredet. Morgen in aller Frühe rufe ich an und bestelle einen Container, dann kannst du schon mal mit dem Ausräumen anfangen. Dann steuerst du auch mal was zum Lebensunterhalt bei.«

Lisa explodiert: »Du brauchst doch nicht so gemein zu deinem kleinen Bruder zu sein. Der Junge weiß ja noch von nichts.«

Stijn rutscht auf dem Stuhl hin und her, behauptet ärgerlich, er habe mir das heute Abend erzählen wollen. Dann versucht er wieder den fröhlichen Ton von vorher anzuschlagen, aber er lacht wie ein Schwindler, als er mir erzählt, was er mir die letzten Wochen verschwiegen hat. Dass sie Mutter mit einem speziellen Formular für tot erklären. Morgen in zwei Wochen, wenn er einundzwanzig wird. Die Beamten in der Stadt und die im Rathaus haben gewartet, bis Stijn alt genug ist, um offiziell mein Vormund zu sein. Wenn das einmal erledigt ist, sagt Stijn, dann werden die gesperrten Konten auf seinen Namen überschrieben. Das Geschäft kann verkauft werden, und dann sind wir endgültig aus dem Schneider.

»Nicht mehr lange und wir haben ausgesorgt. Was sagst du dazu?«

Wie kann Stijn nur sagen, dass wir ausgesorgt haben, während sie jetzt in irgendeinem Büro ein offizielles Stück Papier aufsetzen, auf das ein Beamter dann seinen Stempel knallt: *Für tot erklärt*, bum. Sobald Stijn mein Vormund ist, habe ich nichts mehr zu melden. Erst lässt er mich das Geschäft ausräumen. Wenn ich damit fertig bin, sagt er zu Tante, dass ich – siehst du, hab ich's dir nicht gesagt – prima arbeiten gehen kann. Und Tante wird ihm Recht geben; und in null Komma nichts stehe ich in einer Fabrik am Fließband. Tag für Tag am Fließband. Und Mutter für tot erklärt.

Ich lege das Butterbrot hin, stehe vom Tisch auf und laufe weg. »Lass ihn«, höre ich Lisa sagen.

Ich sitze auf dem Bettrand und betrachte die Zimmerdecke, die sich jetzt nicht traut zu knarren. Ich suche Wörter, mit denen ich Stijn umstimmen kann – gleich, wenn Lisa weg ist. Aber Stijn wird sowieso nicht auf mich hören, und um das Tohuwabohu in meinem Kopf zu beenden, gehe ich zum Tonbandgerät auf dem Tisch in der Ecke. Ich beuge mich über den Apparat und drücke auf die Rückspultaste. Direkt unter mir fangen die Spulen mit Tantes Band an, sich blitzschnell zu drehen und zu rauschen – so schnell, dass ich fürchte, das Band könnte jeden Moment abspringen und mir ins Gesicht schlagen. Ein paar Mal bin ich drauf und dran, das Band zu stoppen; aber dann warte ich doch, bis es zurückgespult ist. Ich setze mich auf den Stuhl, und da ist nur noch Tantes Stimme.

Tante lässt Hiob klagen. Ich höre mit geschlossenen Augen zu, und alles um mich herum versinkt, eine ganze Zeit.

Bis ich Stijn husten höre. Er steht im Türrahmen und traut sich keinen Schritt weiter. Tantes Stimme hält ihn zurück.

»Alles in Ordnung?«, fragt er leise.

Ich schweige trotzig und lasse ihn meine Wut spüren.

»Lisa und ich gehen ein Stück spazieren. Nur, damit du Bescheid weißt. Bleibst du hier?«

Vielleicht, vielleicht auch nicht. Sonst interessiert es dich doch auch nicht, ob ich weggehe oder zu Hause bleibe. Das ist es, was ich sagen will, aber im Halbdunkel des Flurs sieht Stijn auf einmal müde und niedergeschlagen aus – so wie vor ein paar Abenden, als er im Wohnzimmer das Fotoalbum auf dem Schoß hielt, das er zwischen Vaters Papieren gefunden hatte. Er kratzt sich an der Wange. Wenn er doch bloß etwas sagen würde. Er zuckt mit den Schultern und schiebt langsam die Tür zu.

Geh nur nach unten. Lass mich in Ruhe.

Tante hat eine Weile Hiobs Freunde reden lassen, aber jetzt spricht Hiob selber. Er möchte lieber tot sein. »Daliegen und für immer still sein«, sagt er. Er würde am liebsten schlafen, und dann hätte er Ruhe. »Mit den Königen und Ratsherren auf Erden, die das Wüste bauen, oder mit den Fürsten, die Gold haben und deren Häuser voll Silber sind. Oder wie eine unzeitige Geburt, die man verborgen hat; wie Kinder, die das Licht nie gesehen haben.«

Eine »unzeitige Geburt« – ich weiß, was Hiob damit meint. Ich wollte, ich wäre das geblieben: das Steinkind, das Vater und Mutter begraben haben, bevor ich geboren wurde. Wenn man nie das Licht der Welt erblickt hat, kann es einem auch nicht fehlen, muss Hiob gedacht haben.

Mutter sitzt mir gegenüber am Tisch. Sie trinkt Tee, während vor mir ein Becher heiße Schokolade steht. Draußen ist es unfreundlich und regnerisch. Mutter fingert an den Perlen ihrer Halskette, als sie die nicht nur schöne, sondern jetzt zum ersten Mal auch hässliche Geschichte meiner Geburt erzählt.

»Wir mussten lange warten«, sagt sie. »Dein Vater und ich hatten die Hoffnung fast schon aufgegeben, denn dein Bruder war schon vier. Aber dann wurde ich doch wieder schwanger. Und eine ganze Weile ging es gut.«

Dann bekam sie eines Morgens schreckliche Schmerzen im Bauch. So schlimm, dass sie auf dem Küchenfußboden zusammenbrach. Als sie wieder zu sich kam, hatte sie ihr Kindchen verloren, einen Jungen. Es war ganz ausgetrocknet und hart wie Stein geworden. *Steinkind* nannte es der Arzt. Es hatte schon Hände und Füße und ein Gesicht, mit allem Drum und Dran, deshalb haben Vater und sie es später auf dem Friedhof hinter der Großen Kirche begraben. In einem kleinen Grab mit einem kleinen Stein.

»Du brauchst nicht danach zu suchen, hörst du. Es ist nicht mehr da. Und das ist vielleicht auch besser so« – sie windet sich aus ihrer traurigen Erinnerung heraus, und ihr Gesicht heitert sich auf –, »denn dann kamst du. Noch keine fünf Monate nach der Fehlgeburt war ich schon wieder schwanger. Ich hatte solche Angst, dass es wieder schief gehen würde ...« Sie zieht fest an ihrer Kette, und ich rechne jeden Augenblick damit, dass die Perlen auf dem Fußboden herumspringen.

In den Tagen danach muss ich immer wieder an den zu früh geborenen Jungen auf dem Küchenboden denken. Was, wenn er nicht ausgetrocknet gewesen und nicht zu Stein geworden, sondern am Leben geblieben wäre? Was wäre dann aus mir geworden? Wo war ich, bevor ich geboren wurde? Und wo wäre der Junge jetzt? Ob er mich nicht ausstehen könnte, weil ich sein Leben eingenommen habe?

Ich will Mutter nicht mit solchen Fragen auf die Nerven gehen. Trotzdem stelle ich sie, an einem Sonntagnachmittag, als sie in der Küche beschäftigt ist. Ihre Augen werden weit, und sie presst mich an sich. Ich spüre ihren schweren Atem und rieche, wie ihr Körper vor Aufregung dampft.

»Was ich dir jetzt erzähle, da redest du am besten mit

niemandem drüber«, höre ich sie über meinem Kopf sagen. »Die Wahrheit ist, dass ich dich schon das erste Mal bei mir hatte, Wout. Daran glaube ich fest. Aber es war etwas nicht in Ordnung. Gott muss das gesehen haben, und ER hat dir damals einen anderen Körper gegeben. Ich bin nicht umsonst gleich wieder schwanger geworden.«

Sie wühlt in meinem Haar und flüstert mir ins Ohr: »Du warst es, beide Male. Als Mutter weiß man das. Deshalb habe ich dir auch zwei Mal denselben Namen gegeben. Dein Vater wollte das nicht, aber ich habe darauf bestanden ... Behalte es für dich. Es ist etwas zwischen dir und mir.«

Die Haustür schlägt zu. Stijn und Lisa gehen durch den Garten. Du warst es, beide Male. Ich sehe einen kleinen Grabstein auf dem Friedhof hinter der Großen Kirche, auf dem mein Name steht. *Wir sind in unser Leben eingeschlossen*, hat Ijsbrand van Klaveren zu Stijn gesagt. Auch wenn er betrunken war, Ijsbrand ist gelehrt, und er weiß Dinge, die Stijn und ich nicht begreifen können.

Ich schalte das Tonbandgerät aus.

STIJN RUFT UNTEN IM FLUR an der Treppe. Nach dem Licht im Zimmer zu urteilen, habe ich nicht lange geschlafen. Lisa ist auch noch da, höre ich. Ich hatte geglaubt, Stijn würde sie nach Hause bringen.

Wieder ruft Stijn, aber bevor ich antworten kann, rennen Lisa und er lärmend die Treppe hinauf. Ich fahre hoch, kurz habe ich Angst, dass sie bei mir hereinplatzen. Glücklicherweise kommen ihre Stimmen nicht näher als bis zum Treppenabsatz. Die Tür des großen Schlafzimmers fällt durch die Zugluft laut ins Schloss. Dann bleibt es still.

Stijn will, dass Lisa sich das ganze Haus anguckt. So wird es auch ein bisschen ihr Haus – ihres und seines. Mein Zimmer ist bestimmt als Nächstes an der Reihe, aber da will ich nicht dabei sein; ich will, dass sie mich in Ruhe lassen.

Ich schwinge die Beine über den Bettrand und ziehe mir die Schuhe an. Leise drücke ich die Tür auf und gehe auf den Gang. Bei der Tür des großen Schlafzimmers bleibe ich kurz stehen und lausche. Das Bett knarrt, ich höre sie drinnen kichern. Lisa sagt etwas, das ich nicht verstehen kann. Sie fordert Stijn heraus, das Bett knarrt heftiger. Nach den Geräuschen zu urteilen, wetteifern sie im Keuchen, befummeln sich unter den Klamotten. Am

liebsten würde ich die Tür aufreißen und ihnen zu-
schreien: »Wie könnt ihr bloß! Nicht hier, hört ihr! Nicht
in diesem Zimmer!« Stattdessen schleiche ich die Treppe
hinunter.

Unten renne ich in die Küche und nehme meine Jacke
von der Stuhllehne. Fluchend laufe ich hinaus in den
Garten und schmeiße die Hintertür zu. Ihr könnt mich
mal! Auf dem Klinkerweg breche ich einen Zweig von
einem Baum ab und schlage damit wild um mich, nach
gemeinen Klassenkameraden, die ich in Gedanken davon-
rennen sehe. Ich will hinter ihnen her, aber meine Beine
sind noch schwer vom Schlaf, und schon bald bin ich
außer Atem.

Ich gebe es auf und trotte in die Dünen, versuche die
triumphierenden Stimmen, die mich verfolgen, zu igno-
rieren.

Stijn hat mich angelogen. Und Mutter hat er verraten. Jetzt geht alles schief.

Ich hole den Glücksstein aus der Tasche, einen rauen,
mattbraunen Kieselstein, der zu nichts mehr nütze ist.
Ich drehe den Stein hin und her, ziehe jede Seite zur Ver-
antwortung. »Betrüger«, zische ich und drücke den Dau-
mennagel in eine Rille, um höllische Schmerzen hinein-
zuritzen.

Betrüger müssen bestraft werden. Ich muss den Stein
fortschleudern, so weit ich kann, oder noch besser: lebend
begraben, tief in der Erde verbuddeln. Zur Strafe darf er
nicht mehr umherstreunen. Jahrhunderte einsam und
allein im Dunkeln.

Aber wer weiß, was dann passiert? Wer weiß, vielleicht nimmt der Stein irgendwann einmal schreckliche Rache.

»Ich habe es nicht so gemeint, ich habe nur so getan«, flüstere ich und stecke den Stein wieder in die Tasche.

Wäre ich bloß rechtzeitig geboren worden, ein paar Monate früher, dann würde ich jetzt nicht verzweifelt in den Dünen herumlaufen. Vater hätte Stijn schon längst hart angepackt und Lisa aus dem Haus gejagt. Ich würde in meinem Zimmer sitzen und mich auf unsere sonntägliche Damepartie vorbereiten. Und Mutter, sie würde im Wohnzimmer ein Buch lesen und schöne Musik hören. *Schwanensee* oder die verträumten Nocturnes von Chopin.

Ich laufe um einen breiten Gürtel von Sanddornsträuchern herum, der eine Düne hinaufwuchert. Aus dem hohen Gras beäugt mich eine Kreuzkröte. Ich gehe auf sie zu und beuge mich über sie, breite die Arme aus wie Raubvogelflügel. Mit meinem mächtigen Blick versuche ich sie in die Sträucher zu jagen, aber sie bläst ein paar Mal die Backen auf und weicht nicht von der Stelle. Ganz langsam strecke ich die Hand nach ihr aus. Bevor die Kröte wegkriechen kann, packe ich sie und halte sie mir direkt vor die Augen, sodass sie mich gut sehen kann. Ihr warziger Körper spannt sich. Ich kneife noch etwas fester zu, bis sie sich geschlagen gibt.

So ist es gut. Beruhigend blase ich über den gelben Streifen auf Kopf und Rücken.

Früher gab es im Dorf Leute, die Kröten leckten. Sonnen- und Mondanbeter waren das, Herr van Parswinkel hat uns einmal davon erzählt. Sie glaubten, auf diese

Weise Einblicke in eine höhere Welt zu erhalten.«In Wirklichkeit wurden sie einfach high«, sagte er.

Einfach high. Ob ich mich das traue?

Ich schließe die Augen und strecke vorsichtig die Zunge ein bisschen heraus. Jetzt, da ich die Kröte nicht mehr so fest halte, fängt sie gleich an zu zappeln. Ich blinzle durch die Wimpern, um zu sehen, wie weit ich meine Zunge rausstrecken muss. Ich ekle mich vor dem schleimigen breiten Maul, der spröden, pockigen Haut.

Ich traue mich nicht ... *Hosenscheißer!* ... Verdammt, ich traue mich nicht.

Ich kneife die Augen zu und lecke über den gummiartigen Leib. Es schmeckt bitter, aber ich mache es noch mal und noch mal, spüre das Krötenherz an meiner Zunge klopfen.

Jubel bricht in mir aus. Stolz halte ich die Kröte hoch. Ich lache und schreie den Dünen zu.

Als ich die Kröte zurückwerfe, verstummt der Pfuhl spottender Stimmen. Ich spucke den bitteren Geschmack aus und renne zur nächstgelegenen Mulde.

Der sich schlängelnde Pfad endet bei einer breiten Düne, die der Wind stellenweise bis auf den kahlen Sand aufgewühlt hat. Dahinter liegt der Wald von Persijn. Ich bin im Wasserschutzgebiet, in dem tief unter der Erde Ströme von Grundwasser im Kreis herumgepumpt und vom Sand gesäubert werden, kilometerlang.

Eine seltsame Hitze prickelt mir in den Schläfen, als ich die Düne hinaufsteige. Vom vielen Laufen ist mir leicht im Kopf. Um wieder zu Atem zu kommen, strecke ich mich auf der anderen Seite auf dem Moos aus, von hier kann ich auf die Dünenpfanne und den dichten Birkenwald sehen.

Die dünnen weißen Stämme werfen das grelle Licht zurück. Die Wipfel wiegen sich ab und zu leicht im Wind. Einst, in der Zeit der Auseinandersetzung zwischen den Hoeks und den Kabeljaus, als es noch Grafen und Ritter gab, lag an einer Stelle des Waldes ein Dorf, das später überschwemmt wurde. Ein Dorf der Kabeljaus, ganz in der Nähe von Zeewijk, das zu den Hoeks gehörte. Vater hat für die *Zeewijkse Post* mal einen Artikel darüber geschrieben und ihn bei Tisch vorgelesen.

Es herrschte immer Krieg zwischen den beiden Dörfern, erzählte er. Anderthalb Jahrhunderte voll Hass und Missgunst. Und, sagte er, als hätte es etwas damit zu tun, zu jener Zeit rasten oft schwere Stürme gegen die Küste. Eines Nachts, die schrecklichste Nacht in der Geschichte der holländischen Küste, rollte die See mit so haushohen Wellen über das Land, dass nicht nur ein großer Teil von Zeewijk und das mächtige römische Fort, die Brittenburg, sondern auch das Dorf Persijn mitsamt allen seinen Bewohnern ausgelöscht wurde.

So nahm die lange Fehde zwischen beiden Dörfern ein Ende. Die Zeewijker hatten das Meer seit Jahrhunderten nicht mehr so zornig gesehen. Es war, als hätten sich Hass und Missgunst, die sie so viele Jahre gehegt hatten, in einer einzigen Flutwelle über sie ergossen. Noch Wochen später wurden Leichen an Land geschwemmt. Einer der so genannten Hagenprediger, die den verfolgten Anhängern der reformierten Kirche im Freien predigten, kam ins Dorf und sprach vom Zorn Gottes, der das Meer bändigt und aufpeitscht. Gott könne noch einmal zuschlagen, drohte der Hagenprediger. Sein Zorn ist unendlich groß, wie Seine Liebe. Da bekamen sie es in Zeewijk mit der Angst zu tun, sie wurden fromm und bereuten ihren früheren Hass auf Persijn. Es dauerte nicht lange, nur ein paar feurige Predigten, und sie alle traten zur strengen neuen Lehre über, wenn auch die meisten genauso abergläubisch blieben wie zuvor. Noch jahrhundertelang gab es im Dorf »Leser« und »Streicher« mit magnetischen Kräften. Und Sonnen- und Mondanbeter.

Vater sagte, er habe einige dieser Kröten leckenden Sonnen- und Mondanbeter gekannt. Seltsame Leute, die glaubten, sie könnten die Sonne und den Mond anhalten und dadurch den Lauf ihres Lebens ändern, ein Glaube, den sie von den heidnischen Römern übernommen hatten. Auf der Zauberdüne und im Zaubertal, die nicht umsonst so hießen, hätten sie sich versammelt und nachts ihre geheimen Reigen getanzt.

Aber von Persijn waren die in Zeewijk noch nicht erlöst. Unser Lehrer Herr van Parswinkel erzählte, dass zwei Jahre nach der großen Überschwemmung, in einer Zeit vieler Sandverwehungen, zum Schrecken aller Zeewijker auf einmal Fundamente von Häusern und Hütten von Persijn aus dem Sand herausragten. Die Sonnen- und Mondanbeter machten einander weis, dass sie dies durch ihre besonderen Kräfte bewirkt hätten; sie sahen darin ein Zeichen, dass in naher Zukunft etwas Schreckliches geschehen würde. Mit aller Macht bedeckten sie Persijn damals wieder mit Sand. Zur Sicherheit pflanzten sie an dieser Stelle einen großen Birkenwald an, damit das Dorf nicht mehr nach oben kommen konnte. Laut unserem Lehrer hat ganz Zeewijk eine Zeit lang in einem Wahnzustand gelebt.

Ich habe ihm noch eine Postkarte geschickt, unserem Lehrer Herr van Parswinkel. Eine Woche nach dem letzten Schultag. Mit feierlichen Sätzen, über die ich tagsüber nachgedacht hatte und die, als Mutter sie abends aufschrieb, alle mit knapper Not auf die Rückseite passten. Mit der Ansicht vom Grabmal von Willem van Oranje, das wir vergangenen Winter mit der Klasse besucht hatten. Der Vater des Vaterlands, ausgestreckt auf seinem Sterbebett, seinen vor Trauer ausgezehrten Hund zu Füßen.

Eine Antwort habe ich nie bekommen. Unser Lehrer war schon im Urlaub, als ich die Karte in den Briefkasten warf. Hätte ich sie nur eine Woche früher abgeschickt, unser Lehrer hätte mich bestimmt zu sich nach Hause eingeladen ... Hätte ich dies, hätte ich das, so geht es immer, aber inzwischen ist es passiert, ich kann nichts mehr daran ändern, auch wenn ich noch tausend Mal lebe.

Selber Schuld. Ich krame in der Hosentasche und hole den Stein heraus, lasse ihn ein paar Mal auf der Handfläche tanzen. Dann, ohne zu zögern, schleudere ich ihn in Richtung Wald.

Die prickelnde Hitze strahlt von den Schläfen bis in die Stirn aus. Ich fühle mich auf einmal ruhig und hellwach. Zufrieden strecke ich mich wieder auf dem Moos aus. Auf dem Bauch diesmal, denn das Licht ist zu grell.

Herrlich, so da zu liegen, mit geschlossenen Augen, alle viere von mir gestreckt, als würde ich im Meer treiben. Tief unter mir strömen saubere Flüsse, durch Sand gereinigt.

In Gedanken schwebe ich von der Düne hinunter und überquere die Mulde. Gehe in den Birkenwald hinein und spähe mit zugekniffenen Augen zwischen den dünnen hellweißen Stämmen hindurch. Schatten steigen auf, legen sich in Falten über andere Teile des Waldes. Ssst, sei unbesorgt, ich werde nichts verraten. Als ich weiter zwischen den Stämmen suche, stoße ich auf etwas, das aus der Ferne wie ein von Efeu überwachsener Steinbrunnen aussieht. Ich versuche, näher zu kommen, aber ich muss aufpassen, dass ich mich nicht verirre. Der Abstand zur Düne, auf der ich liege, ist doch schon groß.

Da steht jemand und sieht mich an.

Wie von Zauberhand zieht es mich zu einer Stelle vorne am Waldrand. Halb verborgen hinter einem Baum steht eine Frau. Sie bückt sich und hebt etwas vom Boden auf.

Dann erst sehe ich, wer es ist. Ich will aufspringen und zu ihr laufen, aber aus Angst, sie zu erschrecken, halte ich mich gerade noch zurück. Plötzlich begreife ich, dass es ein Wunder Gottes ist, dass ich sie hinter mir sehen kann, obwohl ich mit dem Gesicht nach unten im Moos liege. Es kann nichts anderes sein, als dass Gott uns zusammenführt.

»Mama!«, rufe ich heiser.

Ich stemme mich hoch und strecke benommen die Arme nach ihr aus. Sie lauscht, erstaunt, den Kopf etwas zur Seite geneigt. Dann lacht sie und geht ein paar Schritte zurück. Ich stürze die Düne hinab, strauchle und falle vornüber in eine Sandmulde. Als ich den Kopf hebe, sehe ich sie gerade noch zwischen den Bäumen verschwinden.

Soll ich ihr folgen …? Ich warte zu lange und verliere wertvolle Sekunden.

Verzweifelt lege ich mich bäuchlings auf die Düne und spähe wieder in den Wald, aber das Wunder ist vorbei. Die Birken weisen mich zurück, der Wald faltet schnell alle Schatten zusammen. Kurz darauf fängt es zu regnen an.

III

DER KAFFEE BRODELT in der Maschine. Stijn redet schnell, denn er hat es eilig. Mit der einen Hand knöpft er seinen Overall zu, in der anderen hält er die Ladenschlüssel. Die ganze Zeit läuft er vor mir hin und her. Ich warte am Küchentisch, bis er weggeht. Wenn er mich anschaut, nicke ich, aber mein Kopf ist noch zu voll von gestern, um ihm zuzuhören.

Lisa ist über Nacht geblieben. Im großen Schlafzimmer, in dem sie nichts zu suchen hat und in dem ihr nichts gehört. Sie bleibt wahrscheinlich ein paar Tage – das sagte Stijn gerade ganz nebenbei, als sei es die natürlichste Sache der Welt.

Bevor ich mich aufrege, will ich erst ruhig darüber nachdenken, was in den Dünen passiert ist. Widerwillig nehme ich den Schlüsselbund von Stijn entgegen. Dann auch Geld, um bei Schonenberg Kreidepulver zu kaufen, mit dem ich die Schaufenster zuschmieren soll. Stijn stapelt Butterbrote in seine Brotbüchse und sagt mir, welche Werkzeuge ich aus dem Schuppen mitnehmen soll. Kein Wort über gestern, aber man merkt an allem, dass er böse auf mich ist, weil ich vom Tisch aufgestanden und weggelaufen bin. Als ich aus den Dünen zurückkam, habe ich mich auch nicht unten zu Lisa und ihm gesetzt. Vielleicht will er mir deshalb auch nicht erklären, warum Lisa bei uns im Haus bleibt und warum sie heute nicht zur Arbeit geht. Sie ist ein bisschen durcheinander, das ist alles, was er darüber sagt.

Er kann mich mal. Wenn er nur schon weg wäre. Er muss noch das dreckige dicke Gummiband um seine Brotbüchse schlingen und es ein paar Mal gegen das Blech schnalzen lassen. Dann seine Arbeitsschuhe anziehen. Das macht er immer zuletzt, bevor er geht.

»Du radelst sofort zum Geschäft, ja«, sagt er, während er die Schnürsenkel zubindet. »Wenn alles klappt, stehen die von van Leeuwen schon früh mit einem Container vor der Tür. Ich komme mittags mal vorbei, um zu sehen, wie weit du bist.«

Er sagt kühl auf Wiedersehen, und die Hintertür knallt zu.

Kurz darauf knattert die Kreidler am Haus vorbei, und ich kann mich gerade hinsetzen, um mein Gedächtnis zu öffnen. Ich sehe mich wieder im Wald von Persijn die Umgebung absuchen, während ich bäuchlings im Moos liege. Mutter guckt erstaunt, als ich sie rufe. Ich sehe sie deutlich vor mir. Sie hält ihre Sandalen in der Hand und sie hat das blaue Kleid mit dem weißen Kragen an, das sie zur Eröffnung einer Ausstellung im weißen Schulgebäude gekauft hat, als Vater für den Verein Noorderlicht eine Rede halten musste.

»Mutter ist wieder da«, flüstere ich.

Ich höre mich selbst die wunderliche Wahrheit aussprechen und grinse, obwohl ich fast heulen muss. Ich will sofort zu ihr, das Geschäft kann warten. Wer weiß, vielleicht hält sie im Wald von Persijn schon ungeduldig nach mir Ausschau. Aber dann knarrt die Treppe und ich beherrsche mich, setze ein gleichgültiges Gesicht auf. Kurz darauf kommt Lisa verschlafen und in zerknautschten Klamotten in die Küche.

Sie reckt sich und setzt sich an den Tisch. Gelangweilt packt sie eine Gabel und klopft damit auf die Tischplatte.

»Ich muss weg«, sage ich hastig. »Ich hab 'ne Menge zu tun.« Schnell stopfe ich mir noch einen Keks aus der Dose in den Mund. Stijn hat, sehe ich, den Werkzeugkasten schon aus dem Schuppen geholt. Er steht bei der Tür, das Beil daneben. Es muss alles mit zum Geschäft, zusammen mit ein paar anderen Sachen. Welche, habe ich nicht behalten.

»Ich will dir noch was sagen, bevor du gehst, Wout.« Lisa legt die Gabel hin und blickt mit ihren trägen Augen zu mir auf. »Ich weiß nicht, ob Stijn schon mit dir darüber geredet hat, aber ich glaube, es ist besser, wenn ich vorläufig ein paar Tage bei euch bleibe. Ich kann nicht nach Hause, weißt du.«

Faule Ausreden. Auf der Anrichte stehen leere Bierflaschen und eine fast leere Weinflasche. Ich kapiere schon, worauf sie hinauswill, aber ich werde mich nicht darauf einlassen.

»Du findest es nicht schlimm?«

»Nee«, sage ich und reiße mich von ihren Augen los, um schnell im Flur meine Jacke zu holen. Mutter wartet. Als ich zurückkomme und den Werkzeugkasten und das

Beil hochhebe, sagt Lisa, ich solle mich zu ihr setzen. Wir müssen miteinander reden, einander kennen lernen, findet sie. »Ich bin schon viel zu spät«, sage ich.

Draußen im Garten will ich den Werkzeugkasten absetzen und ihr kurz zuwinken. Aus den Augenwinkeln sehe ich, dass sie sich ans Fenster gestellt hat. Ich winke doch lieber nicht und hole das Fahrrad aus dem Schuppen. Den schweren Metallkasten und das Beil kriege ich nur mit großer Mühe auf den Gepäckträger gebunden. Auch das sieht sie. Ob sie es merkwürdig findet, wenn ich jetzt den Weg zu den Dünen einschlage? Wenn sie es heute Abend Stijn erzählt, wird er wissen wollen, warum.

Ich beschließe, erst ein Stück Richtung Dorf zu fahren. Bis zum Feld von Mooie Pulle, wo ich das Fahrrad zwischen den Sträuchern verstecke. Im Schutz der Weißdornhecke schleiche ich mich am Feld entlang zurück.

Sobald ich an der Anhöhe hinter unserem Haus vorbei bin, gehe ich wieder auf dem Pfad weiter, in die Dünen hinein, vorbei am Wasserturm, das ganze Stück auf sich schlängelnden Schleichpfaden zum Wasserschutzgebiet, und zu Mutter. In der Mulde der Wanderdüne beim Birkenwald lasse ich mich auf die Knie sinken.

Keuchend neige ich den Kopf. Zuerst muss ich ruhig und andächtig werden, sonst beleidige ich Gott, der, wie Tante sagt, alles zu Seiner heiligen, ruhigen Zeit tun will. Ich schließe die Augen und beginne, fromm zu beten, kann es aber doch nicht lassen, hin und wieder durch die Wimpern zu den Bäumen zu spähen. Mutter ist nah. Ich kann sie fühlen, und ich weiß, dass sie mich hört. Ich sage, dass sie keine Angst zu haben braucht und dass ich ihr viel zu erzählen habe.

Auf einmal ist da wieder die prickelnde Hitze in den Schläfen. Die Mulde scheint zwischen den Dünen zu versinken, während der Himmel steigt und sich ausdehnt, als wolle Gott mir mehr Raum geben. »Dein Wille geschehe«, sage ich schmeichelnd. Die weißen Stämme glänzen vom Tau und Meeresdunst, aber dahinter bewegt sich noch nichts. Ich weiß, dass ich das nicht darf, aber nach einiger Zeit krieche ich doch aus der Mulde heraus und gehe in den Wald. Die Birken machen mir bereitwillig Platz. »Nur ein paar Schritte«, flüstere ich. »Ich gehe ganz bestimmt nicht zu weit.« So halte ich Gott im Zaum, während ich aufgeregt suchend um mich schaue. »Noch ein kleines Stück, ja?«

Aber tief im Maul des Waldes knurrt etwas, die wogende Wut aus einer alten Zeit, und ich fliehe. Irgendwo in den Sträuchern am Dünenrand fängt eine Wacholderdrossel zu zirpen an.

Ich muss lernen, geduldig zu sein. Zu warten, bis es Seine Zeit ist.

DER CONTAINER ist noch nicht angeliefert worden, sehr spät kann es also nicht sein. Ich lehne das Rad gegen die Schaufensterscheibe. Mit dem Werkzeugkasten, dem Beil und dem Sack Kreidepulver bepackt, den ich vorhin zusammen mit einem Schwamm bei Schonenberg gekauft habe, kriege ich nur mit Mühe den Schlüssel ins Schloss.

Es ist seit dem Sommer das erste Mal, dass ich in den Laden gehe. Der Geruch erinnert mich daran, wie es früher war, wie ich mich fühlte, wenn ich, die Schulhektik noch im Kopf, zur Tür hereinkam – wenn Vater aufblickte oder Mutter mir hinter dem Ladentisch zulachte. Jetzt ist es da still und leer. Ich reibe mir die Hände und schlage wie ein Soldat die Hacken zusammen.

Sofort loslegen, das ist das Beste. Das Regal muss leer gemacht, die Bilder müssen abgehängt werden. Das Magazin und der kleine Büroraum müssen ausgeräumt werden, und der ganze Teppichboden muss raus.

Aber erst das Schaufenster zuschmieren.

Im Magazin hole ich den Eimer aus dem Besenschrank und stelle ihn im Waschbecken unter den Wasserhahn. Das Plätschern und Rauschen erlöst den Raum von der traurigen Stille. Ich schütte das Kreidepulver in den Eimer und gebrauche meinen Arm, meinen kräftigen Arbeiterarm, um es zu verrühren. So konzentriert bin ich damit beschäftigt, dass ich erschrecke, als die Türglocke ertönt und ich hinter mir schwere Schritte höre. *Vater*, denke ich sofort.

Es ist Piet Brussee vom Schallplattengeschäft nebenan. Er hat mich vorhin vorbeiradeln sehen, sagt er.

Ich höre auf zu rühren, als hätte er mich bei etwas Schlechtem ertappt, und spüle den Arm unter dem Wasserhahn ab.

»Du hast schon mal angefangen, sehe ich. Gut so. Ich bin froh, dass endlich was passiert.«

Er saugt nachdenklich an seiner Zigarette. Um dann mit singendem Tonfall über den Bankdirektor herzuziehen, den er letzte Woche mit Stijn besucht hat. In Piet Brussees Sätzen erkenne ich Wörter und Ausdrücke wieder, die ich auch Stijn manchmal sagen höre. *A conto. Genau betrachtet. Erbschein.* Ich strenge mich an, ihn freundlich und aufmerksam anzusehen.

»Findest du es schlimm, dass das Geschäft verkauft wird?«

Ich zucke mit den Achseln, lache ein wenig.

»Es ist bestimmt das Beste, nicht? Eine Kunsthandlung betreiben ist nichts für Stijn. Ein Schallplattengeschäft, das liegt ihm mehr. Nun ja, wir werden sehen. Werden wir wohl Konkurrenten. Wenn es so weit kommt, zumindest. Dein Bruder stellt sich das, glaube ich, viel zu einfach vor.«

Ich senke den Blick, starre auf die Zigarette in seiner Hand. Stijn, der in Zukunft irgendwo ein Schallplattengeschäft anfängt. Dann kann ich bei ihm arbeiten … Es beschäftigt mich so sehr, dass ich vergesse, Piet Brussee zuzuhören, und eine Frage verpasse.

»Du hast viel zu tun«, sagt er verständnisvoll. »Ich will dich nicht länger stören. Wenn du was brauchst, kommst du einfach vorbei.« Er schnippt die Asche seiner Zigarette weg und verlässt das Magazin. Ich warte auf das Läuten der Ladenglocke und das Zuschlagen der Tür.

Um das große Fenster voll zu schmieren, muss ich die Leiter zu Hilfe nehmen. Die ist aber nicht hoch genug; ich muss mich ganz ausstrecken, um an den oberen Fensterrahmen zu kommen. Mit der Spitze des Schwamms ziehe ich Streifen von oben nach unten – lange, schmale Streifen, die aussehen wie die Birken im Wald von Persijn. Aus Spaß male ich Mutter dazwischen, die winkt, und wische sie dann mit kreisenden Bewegungen schnell wieder weg, damit Passanten sie nicht sehen. Dann rücke ich die Leiter ein Stück weiter und fange aufs Neue an. Mehr Birken, noch dichter.

Auf der Hälfte der Scheibe soll auch das versunkene Dorf dazukommen. Die Hütten und Häuser. Der Brunnen. Ängstliche Sonnen- und Mondanbeter, die versteckt im Gebüsch das Dorf beobachten. Vielleicht sollte ich auch den alten Grafen zeichnen, seine schöne Geliebte am Arm – denn damit hat, wie Vater sagte, alles angefangen, mit dem Grafen und seiner schönen Geliebten, sonst hätte es nie ein Dorf und später auch nie einen Wald Persijn gegeben.

Er war ein guter Graf, erzählte Vater, ein weiser Kabeljau, der überhaupt keinen Streit mit den Hoeks wollte. Aber die Edelleute, die Hoeks, trauten ihm nicht, weil sie selber schlechte Menschen waren. Als eines Tages die Gemahlin des guten Grafen starb, kamen sie zusammen und heckten einen schlauen Plan aus. Sie schickten ihm eine bildschöne Frau, die ihn verführen und ihnen alles, was sie von ihm erfuhr, weitererzählen sollte. Aber die schöne Frau verliebte sich in den Grafen, sie gestand ihm die Wahrheit, und sie heirateten. Aus Rache haben die Edelleute, die Hoeks, sie dann auf einem Spaziergang überfallen und ermordet. Derjenige, der sie niederstach, war ein junger Burggraf, der auf einer Burg bei Zeewijk wohnte.

Man konnte Vater die Entrüstung über das alte Zeewijk, das mit einem Lumpen gemeinsame Sache gemacht hatte, deutlich anmerken.

Um es dem feigen Mörder heimzuzahlen, gründete ein Bruder des alten, weisen Grafen damals das Dorf Persijn, nicht weit von der Burg bei Zeewijk, am Rande eines riesigen Urwalds, den die Römer den »Wald ohne Gnade« nannten. Der Bruder lud alle Ausgestoßenen der Umgebung ein, in das neue Dorf zu ziehen, und versprach ihnen ein Stück Land, auf dem sie sich ein Haus bauen konnten. In einer langen Prozession müssen sie, zum Ärger des Burggrafen und der Zeewijker, in das Dorf eingezogen sein. Hätte ich einen Pinsel statt eines Schwamms, würde ich sie zwischen die Birken malen. Landstreicher, Liliputaner, Menschen, denen ein

Arm oder Bein fehlte oder die man für vogelfrei erklärt hatte.

Ihre Nachkommen sind, so erzählt man sich, später allesamt ertrunken. Sie wussten nicht einmal, was ihnen geschah, als die See über das Dorf hereinbrach, denn es war mitten in der Nacht. Vielleicht wissen sie noch immer nicht, dass sie tot sind, und irren seit Jahrhunderten an der gleichen Stelle in ihrem alten Leben umher. Ist es das, was die Sonnen- und Mondanbeter gesehen haben und was sie so in Schrecken versetzte? Haben sie deshalb das ganze Gebiet mit Sand zugeschüttet und mit Bäumen bepflanzt? Stell dir vor, dass Mutter jetzt zwischen den Ertrunkenen von Persijn leben muss.

Der bloße Gedanke macht mich schwindlig und verursacht mir Übelkeit. Ich muss heute Nachmittag früher aufhören und wieder zu ihr gehen.

Rasch und schwungvoll schmiere ich mit dem Schwamm den Rest der Scheibe zu. Dann fange ich sicherheitshalber wieder von vorne an, eine noch dickere Schicht. Das Licht im Laden verwandelt sich dadurch in eine winterliche Glut. Als hätte es draußen geschneit und als sei das Fenster mit einer Eisschicht überzogen.

In der Mittagspause kommt Stijn vorbei. Er ist unzufrieden, weil ich so wenig getan habe. Ich habe die Bilder abgehängt und gestapelt, aber zu schlampig, meint er. Das Regal habe ich ausgeräumt, aber ich hätte erst beim Supermarkt Kartons holen sollen, um die Rahmen, Pinsel, Malkästen und die anderen Malutensilien hineinzutun. Was zu essen und zu trinken habe ich auch nicht dabei, sodass Stijn mir zwei Butterbrote und die Hälfte seiner Milchflasche abgeben muss.

Er meckert in einem fort, aber was ihn wirklich wurmt, das von gestern, darüber noch immer kein Wort. Wenn ich ihn frage, ob ihm das Geschäft nicht fehlen wird und ob er nicht selbst eins aufmachen will, zum Beispiel ein Schallplattengeschäft, zuckt er die Achseln und nörgelt über den Container, der noch nicht angeliefert wurde. In einem Ton, als wäre es meine Schuld.

Sie kommen erst, nachdem Stijn den Laden wieder verlassen hat. Als der schwere Laster vorfährt, wackelt das ganze Geschäft. Ketten rasseln; zwei Männer überschreien den röhrenden Motor und hämmern gegen die Tür, aber die habe ich abgeschlossen, als Stijn wegging. Ich halte mich in dem kleinen Büro versteckt, einem mit Sperrholzplatten abgeteilten Raum im Magazin, wo ich den Tisch und den niedrigen Schrank in Stücke gehackt habe.

Sobald der Lastwagen davongefahren ist, schaue ich mir draußen den Container an und werfe den Müll hinein, den ich vor dem Ladentisch aufgestapelt habe. Jetzt muss ich nur noch den Teppich im Büro herausreißen, dann kann ich in die Dünen.

Ich überlege, wo ich am besten anfangen soll. Der Teppich ist an den Rändern mit kleinen Nägeln befestigt. Außer auf der Seite, wo Vaters Schreibtisch gestanden hat, da biegt sich der Boden etwas durch. Als ich an einem Ende des verschlissenen Teppichs ziehe, kommt er mir ein ganzes Stück entgegen, eine Luke wird sichtbar, offenbar zu einem Hohlraum unterm Fußboden. Ich hebe die Klappe hoch und beuge mich über die breite Öffnung.

Es liegen Bilder darin. Drei in verstaubte Plastikfolie verpackte und mit Stricken umwickelte Bilder.

Ich hebe das oberste aus dem Loch und reiße die Folie etwas auf, um besser sehen zu können. Ein Seestück, eine Brandung mit Möwen. Das nächste Gemälde stellt eine lachende Netzflickerin in den Dünen dar, die in die Sonne blinzelt. Zwischen den straff gespannten Stricken steckt ein handgeschriebener Brief. Ich ziehe ihn heraus und rieche kurz daran, bevor ich das dritte und kleinste Bild hochhebe. Kein Gemälde auf Leinwand, sondern eine gerahmte schwarze Tuschzeichnung von einer steinernen Brücke zwischen alten Gebäuden, auf der Menschen mit seltsamen Gesichtern und großen ängstlichen Augen stehen.

Das muss ich Stijn heute Abend sofort erzählen. Die Gemälde und die Zeichnung sind bestimmt viel wert; Vater hat sie nicht umsonst so sorgfältig eingepackt. Ich lege sie so lange in den Zwischenraum zurück und ziehe den Teppichboden weiter ab. Es ist mühsam, die kleinen Nägel lassen sich schwer heraushebeln. Ich arbeite schnell, um noch möglichst viel Zeit für die Dünen zu haben.

ICH WERDE ALLES GUTMACHEN. Das sage ich mir immer wieder, als ich in die Voorstraat einbiege, auf dem Weg zu Welys Blumenladen. In Gedanken lasse ich die Sätze Revue passieren, über die ich den ganzen Tag nachgedacht habe und mit denen ich Mutter vorsichtig zu mir her zu reden hoffe. Vielleicht wäre es vernünftig, mir auch ein paar schöne, überzeugende Sätze für Gott auszudenken, damit ER meinen Ungehorsam von heute Morgen vergisst. Aber wie soll ich IHN anreden? Welche Wörter wählen?

Könnte ich nur so gut reden wie Hiob. Der kannte Gott in- und auswendig und verstand es, IHN so um den Finger zu wickeln, dass IHM, in die Enge gequatscht, nichts anderes übrig blieb, als einen gewaltigen Sturm toben zu lassen und bis zum Überdruss zu donnern, dass ER so mächtig sei. Hiob brauchte nur die Hand auf den Mund zu legen, um IHM SEINE Unehrlichkeit zu beweisen. Zur Belohnung bekam er danach doppelt so viel zurück, wie er gehabt hatte – so steht es in der Bibel. Nicht nur Geld und Vieh, sondern neben seinen späteren Kindern wahrscheinlich auch seine ersten: *alles doppelt so viel*. Irgendwo im Lande Uz muss Hiob einen geheimen Ort gehabt haben, wo er seine ersten Kinder in ihrem neuen Leben besuchen konnte, sonst wäre er niemals zufrieden, alt und lebenssatt gestorben. Wegen des Pakts mit dem Teufel durfte er darüber nie reden.

Schweigen ist vielleicht das Beste, was ich tun kann. Mich in die Sandmulde setzen, ehrfurchtsvoll die Hände falten und abwarten. Die Blumen, die ich gleich kaufe, lege ich am Rand des Birkenwalds auf den Boden – alle paar Schritte eine Blume, sodass eine schöne lange Kette entsteht. Wenn ich spüre, dass Mutter in der Nähe ist, werde ich ihr sagen, dass ich sie vermisse, aber nicht übertrieben rührselig, ich bleibe gefasst. Sie wird sich freuen und überrascht sein, wenn sie die Blumen sieht. Von dem Geld für das Kreidepulver habe ich noch genug Geld für einen schönen Strauß übrig.

Bei Welys Laden stelle ich das Fahrrad in den Ständer. Eine Reihe von Hochzeitskutschen zieht durch die Straße. Leute bleiben stehen. Zwei Frauen versperren Arm in Arm die Ladentür und winken ausgelassen den Kutschen zu. Ich schlüpfe an ihnen vorbei ins Geschäft.

Hohe Pflanzen vor dem Fenster halten das Licht ab. Hinten im Laden steht ein zartes blondes Mädchen und bindet Blumen. Sie lächelt angestrengt und wischt mit leicht geneigtem Kopf die Hände an der Schürze ab.

»Kann ich dir behilflich sein?«

»Kann ich davon einen Strauß haben?«, frage ich und zeige auf einen Eimer mit gelben Chrysanthemen.

Das blonde Haar des Mädchens leuchtet auf, als sie einige Schritte nach vorne macht. Über ihr Gesicht fällt eine fahle winterliche Glut, als wäre auch hier die Schaufensterscheibe mit Kreide zugeschmiert.

»Diesen?« Sie nimmt einen Strauß Chrysanthemen aus dem Eimer und hält ihn hoch. »Soll ich ihn einwickeln?«

Mutter wird sie schön finden. Aber Gott ist auch noch da, fällt mir ein. Er wird beleidigt sein, wenn ich IHM nichts mitbringe, denn ER ist jemand, der gerne Opfer und Geschenke entgegennimmt.

»Ach, gib mir noch einen Strauß«, sage ich.

Gleich werde ich in der Sandmulde einen Altar für IHN errichten, aus Moos und Zweigen und aus Steinchen, die ich unterwegs aufsammle. Wenn der Altar fertig ist, lege ich SEINEN Strauß Blumen darauf und rufe IHN an, so wie man das in der Zeit der Bibel machte. Das Geld, das übrig bleibt, lege ich als extra Opfergabe dazu, und dann wird alles gut.

Froh sehe ich auf die raschen zierlichen Hände des Mädchens, die die Chrysanthemen in weißes Papier einwickeln. Hände wie geschaffen zum Segnen. Sie gibt mir eine Menge Kleingeld heraus.

Es hat wieder angefangen zu regnen. Nieselregen. Der Staub vom Aufräumen wird aus meinen Haaren und von meinem Gesicht gespült. Ich radle hinter dem alten Teun Jonker her, der, sich wiegend wie ein Schlittschuhläufer, über dem Lenker seines Transportrads hängt, einen schweren, gusseisernen Kanonenofen in der Ladekiste. Hinter uns werden Autofahrer ungeduldig, aber ich lasse mich nicht drängen, damit das Fahrrad nicht so rüttelt und die Blumen hinten unter dem Spannband nicht abknicken.

In der Großen Kirche auf halber Höhe der Voorstraat brennt Licht hinter einem der Bogenfenster. Die Kirchentür steht offen, und die Orgel spielt noch immer mit aller Macht, als wären die Hochzeitsgäste nicht schon längst in den Kutschen weggefahren. Ich lasse den alten Teun weiterradeln und fahre auf den Kirchplatz, um der Orgelmusik zuzuhören. Das Haus des Herrn, wie Tante sagt, ich kann einfach hineinsehen. Einmal bin ich mit Mutter in der *Matthäuspassion* gewesen, ein langes Konzert, zwischen den Liedern wurde singend aus der Bibel vorgelesen. Mutter musste am Ende weinen, als der Chor auf Deutsch ein Lied aus der Schule sang.

Man kann sich in der Kirche ruhig vor dem Regen unterstellen, keiner, der etwas dagegen hat. Sicherheitshalber nehme ich die Chrysanthemen vom Gepäckträger. Ich schiebe eine aufgeweichte Tüte Hochzeitsbonbons mit dem Fuß beiseite und gehe zum Eingang.

Als ich in der Vorhalle unschlüssig zwischen den Nischen, vor den Flügeltüren mit ihren grünen bleiverglasten Fensterchen stehen bleibe, höre ich mich selbst atmen. Die Orgel lockt. Überflutet mich mit ihrem kräftigen Gesang, sobald ich in den ausladenden Kirchenraum hineingehe. Als ich an der Orgel hinaufsehe, höre ich zwischen den Tönen den Wind in den Pfeifen rauschen. Ein hölzerner Engel bläst auf einer vergoldeten Posaune, eine Hand in die Seite gestemmt, das strenge Gesicht zum Seitenfenster gewendet.

Voller Ehrfurcht setze ich mich in eine Kirchenbank. Mit gesenktem Kopf lasse ich den Orgelsturm dröhnender Bässe auf mich wirken, die entlang einer schleppenden Melodie hinauf- und hinunterrennen. Ich spüre das Vibrieren der Musik in meinem Bauch.

Unvermittelt rutschen die Bassstimmen aus und purzeln übereinander. Der Orgelsturm senkt sich auf die Stille und verschwindet nachhallend in den Mauern.

Über meinem Kopf knistert der Organist eine Zeit lang mit den Noten. Er schnauft ein paar Mal laut und räuspert sich.

Erstaunlich gedämpft setzt die Orgel wieder ein. Die Melodie kriecht verlegen von Akkord zu Akkord, bis hoch im Gehäuse eine klare Flötenstimme einfällt, süß und leicht. Nachher werde ich beim Birkenwald einen Altar bauen, und die Orgel segnet mich schon mal im Haus des Herrn. Ich sehe die Hände des zarten Mädchens wieder vor mir, wie sie ein Stück strahlend weißes Papier von der Rolle abreißt und es auf dem Ladentisch ausbreitet. In der winterlichen Glut beugt das Mädchen sich zu mir, und ich laufe mit ihr auf einem See in den Dünen Schlittschuh; wir drehen uns und gleiten umeinander, während man uns aus dem Gebüsch beäugt. Hässliche Gesichter mit großen fiebrigen Augen — ich sehe sie durch einen Riss in der verstaubten Plastikfolie. Angsterfüllte Ausgestoßene von Persijn, auf einer Zeichnung in einem Loch im Fußboden.

Ich streichle die Blumen in meinem Schoß. Hinter einer Tür neben der Kirchenbank für die Ältesten taucht ein vertrautes Gesicht auf. Mutter sieht mich mit offenem Mund an. Zieht dann schnell den Kopf zurück.

Ich schnelle hoch. *Mutter!* Aus Angst, dass sie davonläuft, wage ich es nicht, sie zu rufen. Die Kirche dreht sich vor meinen Augen; leise singend macht mir die Orgel Mut. Habe keine Angst. Das flüstere ich Mutter zu, als ich auf Zehenspitzen durch das Mittelschiff und um die Kanzel herum zur angelehnten Tür neben der Bank für die Ältesten gehe. Aber als ich sie weiter öffne, ist der Raum dahinter leer, außer einem Eichenschrank und einem langen Tisch ist nichts drin. Ich schreie und rüttle an der gusseisernen Klinke der Schranktür, renne verzweifelt wieder in den Kirchenraum.

Die Orgel verstummt, und das misstrauische Gesicht des Organisten erscheint über dem Rückpositiv. Gehetzt spähe ich die Reihen der Kirchenbänke entlang, die sich auf beiden Seiten bis zu den Wänden hinziehen. Nichts bewegt sich. Meine Schritte hallen durch die stille Kirche, als ich durch das Mittelschiff zum Ausgang renne und in den Regen hinaus.

Sie kann nicht weit sein. Ich suche auf dem Rad die Umgebung der Kirche ab, alle Straßen und Gassen.

Langsam, widerwillig radle ich in die Dünen. Wenn ich auch weiß, dass sie dort nicht mehr ist, so muss ich es doch mit eigenen Augen sehen: den leeren Birkenwald, die verlassene Dünenpfanne.

Mutter ist dem Wald mit den Ausgestoßenen entkommen. Aber sie hat mich gesucht und sie hat mich gefunden. Von nun an wird sie mich öfter zu finden wissen. Zu ihrer Zeit.

ICH STAMPFE DEN SAND von den Schuhen und öffne die Haustür. Jetzt wird Stijn wohl zu Hause sein. Ich habe gewartet, bis es dunkel wurde und im Dorf die Geschäfte und die Garage von Dijksteeg schlossen, ehe ich die Dünen wieder verließ. Dort habe ich im Nieselregen auf einem von Blattflechten angefressenen Brunnen gesessen und dem Rauschen des Grundwassers gelauscht.

Im Flur sehe ich hinter der halb offenen Küchentür Stijns Rücken. Er redet mit Lisa. Laut summend gehe ich durch die Diele. Obwohl es Essenszeit ist, rieche ich noch nichts.

»Hallo«, sage ich, als ich in die Küche komme, aber Lisa und Stijn hören sofort auf zu reden. Ich sehe, wie sie sich mit Blicken aufgeregt verständigen. Über mich, sie reden über mich.

»Was ist los?«, frage ich.

Es dauert etwas, bis ich eine Antwort kriege.

»Tante Dien«, sagt Stijn. »Sie war heute Nachmittag hier. Sie weiß, dass Lisa bei uns wohnt, und ist wütend darüber. Sie ist nun mal ein bisschen altmodisch.«

»Ein bisschen altmodisch?«, schnaubt Lisa. »Mensch, was die mir nicht alles an den Kopf geworfen hat! Eine

Straßengöre hat sie mich genannt, als käme ich direkt aus dem Hurenviertel. Was für eine Schreckschraube!«

»So schlimm ist es nun auch wieder nicht«, meint Stijn. »Ich werde morgen mit ihr reden.« Aber für Lisa gibt es nichts mehr zu reden. Wenn Tante noch ein Mal hier den Fuß über die Schwelle setzt, geht Lisa.

»Mach mal halblang!«, sagt Stijn. Und zu mir: »Das wird schon wieder.« Er findet es bestimmt schrecklich, wie Lisa über Tante redet. Tante Dien ist keine Schreckschraube, sie sorgt gut für uns. Mutter hätte Lisa auch eine Straßengöre genannt, so wie die jetzt Tante beschimpft. Wenn Lisa Tante Dien nicht sehen will, dann soll sie doch woanders die beleidigte Leberwurst spielen und Däumchen drehen – das sollte ich jetzt sagen, ihr ins Gesicht. Aber ich halte den Mund. Stijn wird schon genug von ihr kriegen, auf die Dauer.

Auf dem Herd stehen zwei Töpfe, die Tante Dien trotz des Krachs für uns dagelassen hat. Das ist ein gutes Zeichen. Ich werde Stijn von den Gemälden erzählen, das wird ihn auf andere Gedanken bringen. Aber nicht, solange Lisa da ist.

»Kannst du mir mal kurz helfen, Stijn, im Schuppen? Ich hab was Schweres.«

Er versteht mich sofort und läuft ohne etwas zu fragen hinter mir her, froh, für einen Augenblick von ihr weg zu sein. »Es hörte sich vorhin schlimmer an, als es ist, glaub mir«, sagt er im Garten.

Ich warte, bis wir beim Schuppen sind, außer Sichtweite. Gegen den Kohlenschuppen gelehnt, schlage ich einen Fuß über den andern. »Ich muss dir was erzählen. Ich habe heute Nachmittag im Büro Bilder gefunden. Ich wollte den Teppichboden wegziehen, und da habe ich sie gefunden, in einem Hohlraum unterm Fußboden. Vielleicht sind sie eine Menge wert.«

»Menschenskind«, murmelt Stijn. »Also doch ... Weißt du, ich habe die ganze Zeit danach gesucht. Ich habe den ganzen Laden auf den Kopf gestellt.«

Er drückt mir seinen Zeigefinger gegen die Brust und sagt, ich soll niemandem was davon sagen. Keiner darf es wissen. »Es gibt da einen Kerl, der behauptet, Vater hätte im Sommer einem Museum ein unglaublich teures Gemälde verkauft. Er hat mich deswegen schon ein paar Mal angerufen. Denn das Bild, sagt er, gehöre ihm. Das sei noch von seinem Onkel, Jakob Bender, für den Vater früher gearbeitet hat. Er hätte Vater vor Jahren Gemälde in Verwahrung gegeben.«

Wieder stößt Stijns Zeigefinger gegen meine Brust. Ich darf auch Tante Dien nichts sagen. Lisa schon gar nicht, aber das versteht sich von selbst. Er will sich die Bilder sofort angucken und verlangt die Schlüssel.

»In meiner Jacke.«

Wir gehen ins Haus zurück. Ich höre Stijn zu Lisa sagen, dass er etwas im Geschäft vergessen hat. »Du kannst schon mal das Essen aufsetzen. Ich bin gleich wieder da.«

Ich gebe ihm die Schlüssel und gehe ins Wohnzimmer. Lisa soll sich nicht einbilden, dass ich ihr nach allem, was sie über Tante gesagt hat, Gesellschaft leiste. Gereizt beuge ich mich zum Radio und schalte es ein. Ich drehe wie wild am Senderknopf.

Wenn ich Mutter nur ein Zeichen geben könnte. Wenn ich nur wüsste, wo sie ist.

Auf jeden Fall ist sie fort von den Ausgestoßenen, die vielleicht noch im Birkenwald umherirren. Hinkend, taub, halb blind; Mörder, Diebe, Einbrecher – ich sehe die ganze Prozession vor mir, und wie sie damals aufgebrochen ist ... *Es geschah. Und siehe, es geschah ... an diesem Tage. Dass sie sich auf den Weg machten ...* Auf den Weg zum Dorf Persijn, bei Zeewijk, am Meer, am Rand des tiefen Waldes ohne Gnade, der Jahrhunderte zuvor nachts ein römisches Eroberungsheer mit Wolfsgeheul, Gebrüll und Stampfen von Hunderten Hufen an den Strand zurückgetrieben hatte. Ich sehe den feigen Grafen zähneknirschend vom Turm seiner Burg auf die Kolonne herabblicken. Eine bucklige alte Frau mit wirrem Haar und funkelnden Triefaugen hebt das Gesicht zu ihm auf und ruft ihm zu, dass, sollte er sich jemals einfallen lassen, Persijn anzugreifen, die Pest im ganzen Land ausbrechen werde. Überall, außer in Persijn. Er werde als Erster krepieren und die Menschen würden sich seiner erinnern als Bringer des schwarzen Todes – nicht viel besser als eine Ratte. Der Graf hat Angst vor der Frau und ihrem Fluch. Der nahe Wald heult, und der Graf flieht ins Innere seiner Burg, während sie in Persijn mitten in der Nacht weiter Bäume fällen und einen Brunnen bauen, um Wasser aus den klaren unterirdischen Flüssen schöpfen zu können, die einander genau unter dem Dorf kreuzen.

Ich schalte das Radio aus und gehe in mein Zimmer. Mir ist etwas eingefallen; aufgeregt nehme ich das Mikrofon des Tonbandgeräts aus dem Schrank. Nachdem ich Tantes Band zurückgespult habe, ziehe ich mir einen Stuhl heran und drücke auf die Aufnahmetaste.

Zuerst sage ich eine ganze Weile nichts, während das Band läuft. Dann: »Es geschah ... Und siehe ... Es war einmal ein Graf, der ein guter Mensch war ...«

Meine Stimme klingt seltsam, als ich ins Mikrofon spreche. Drei, vier Mal halte ich das Band an und fange von vorne an, aber ich stottere jedes Mal herum und spreche zu leise. Es gelingt mir einfach nicht, von Persijn zu erzählen.

Müde lege ich den Kopf auf den Tisch. Meine Finger kriechen wie Spinnenbeine über die Tasten.

SO HAT ES ANGEFANGEN, inzwischen ist das schon wieder vier Abende her. Dass ich mich nach einer Weile aufrecht hinsetze, das Band zurückspule und mir das Mikrofon vor den Mund halte.

Fast sofort habe ich angefangen zu erzählen. Davon, wie ich spätnachts im Bett auf die Stimmen von Vater und Mutter lauschte. Vom quälenden Schaben der Eichenzweige. Dass ich am helllichten Tag am Parrelsee eingeschlafen bin, und von der Mantelmöwe, die wunderschön über das Wasser glitt und einen Fisch verlor. Dann beschrieb ich, wie Vater und Mutter verschwanden. Was sie im Garten sagten. Der Mond über den Dünen. Was auf dem Klinkerweg geschah. Als ich das Tonbandgerät ausschaltete, hatte ich alles fast ohne Stottern erzählt.

Später an jenem Abend – Stijn war mit Lisa zum Albatros – habe ich weitergemacht, und auch am nächsten Nachmittag, nachdem ich im Geschäft fertig war. Ich nahm mir jedes Mal viel Zeit zum Nachdenken, bevor ich auf Aufnahme drückte, und mir fiel jedes Mal mehr ein. Regelmäßig musste ich das, was ich schon beschrieben hatte, ergänzen, wodurch mir der rote Faden meiner Geschichte etwas abhanden gekommen ist. Trotzdem bin ich zufrieden. Jetzt brauche ich nur noch auf die Stopp-Taste zu drücken und das Mikrofon hinzulegen, und alles wird erzählt sein.

Vielleicht wäre es besser gewesen, ein anderes Bibelband von Tante zu nehmen. Von dem schönen Buch Hiob ist nur Hintergrundrauschen übrig geblieben, und das ist schade. Auch von meinem eigenen Buch wird nur ein Rauschen übrig bleiben, denn sobald die letzten Worte gesagt sind – darüber denke ich noch nach –, muss das Band wieder gelöscht werden. Vieles von dem, was ich erzählt habe, ist geheim. Aber auch wenn ich jedes Wort lösche, irgendwo tief in den Spuren des Tonbands ist meine Geschichte aufbewahrt. Sie wird das Rauschen immer begleiten. So wie man die Häuser und Hütten eines Dorfes im Sand verscharren kann, aber nicht das Leben derjenigen, die in ihnen gewohnt haben. So wie man immer das Rauschen des Windes in den Pfeifen hört, wie laut die Orgel auch spielt.

»Nichts geht verloren«, sage ich. Ich drücke auf die Stopp-Taste und lege das Mikrofon hin.

Das Tonbandgerät habe ich tief unter mein Bett geschoben, so dicht wie möglich an die Wand. Habe die Aufnahmetaste gedrückt und den Lautstärkeregler heruntergedreht – so wird der Apparat in den nächsten Stunden meine Stimme auf dem Band mit Stille bedecken. Ich ziehe noch etwas an der Decke, sodass sie fast bis auf den Boden hängt und man das Tonbandgerät garantiert nicht mehr sieht. Ich muss vorsichtig sein, obwohl ich mir nicht vorstellen kann, dass Lisa in meinem Zimmer herumschnüffelt.

Vorhin saß sie noch im Wohnzimmer und lackierte sich die Fußnägel. Weit nach vorne gebeugt. Ihr dunkelvioletter Pullover rutschte hoch, wodurch ich flaumige Härchen unten auf ihrem Rücken sah und auch den Rand eines grünen, glänzenden Slips. Ich konnte meine Augen nicht davon lösen. Sie sagte nichts darüber, sie hat es, glaube ich, nicht mal gemerkt. Wir haben einander sowieso wenig zu sagen. Ich bin ihr böse wegen Tante Dien; sie ist mir böse, weil sie denkt, dass ich weiß, wo Stijn hin ist.

Ich weiß es wirklich nicht.

Stijn ist heute Morgen sehr früh aufgebrochen und kommt erst Sonntag zurück. Wegen der Gemälde. In den vergangenen Tagen habe ich ihn darüber am Telefon reden hören. Lisa streut er Sand in die Augen, indem er so tut, als wolle er ein eigenes Geschäft aufmachen. Mir wollte er erst nach langem Drängen etwas mehr über die Bilder, die Zeichnung und den Brief sagen. Ein Brief von Meneer Bender. Darin wird haarklein beschrieben, wo und wann er die Kunstwerke gekauft hat und wo sie entstanden sind. Sie sind alle drei von Jan Toorop, nach dem sie eine Straße in Zeewijk-Noord benannt haben. An den Rand hatte Meneer Bender mit Bleistift die Adresse einer Villa in Warsenhout notiert, die es laut Stijn nicht mehr gibt. Vater sollte die Kunstwerke dorthin bringen und sehr vorsichtig sein.

Es war spannend und schrecklich zugleich, den Brief

in Händen zu halten und die schmale, eckige Handschrift eines Mannes zu sehen, der später vergast wurde. Als ich Stijn gestern erzählte, dass Meneer Bender in *Auf gut Glück* mitspielt, war er überrascht. »Warum hast du mir das nicht früher gesagt?«, wollte er wissen, denn jetzt läuft im Arcadia schon wieder ein anderer Film.

In den nächsten beiden Tagen habe ich Lisa allein am Hals. Um nicht in meinem Zimmer bleiben zu müssen, während das Tonbandgerät unter dem Bett alles zu Rauschen zermahlt, besuche ich lieber Tante Dien. Ich werde sie vorsichtig fragen, was sie von Meneer Bender weiß.

Lisa sitzt am Tisch und betrachtet sich in Stijns Rasierspiegel, während sie ihre langen, lockigen Haare bürstet. Ich schließe den Reißverschluss meiner Jacke und sage, dass ich ein Stück spazieren gehe. »Gehst du heute Abend noch weg?«, frage ich.

Sie lässt die Bürste sinken. Sagt, dass sie hier bestimmt nicht Abend für Abend Däumchen dreht, bis Stijn wieder auftaucht. Zieht dann weiter an ihren Locken, die sich jedes Mal von der Bürste lösen und sich störrisch blitzschnell wieder aufrollen.

Spazieren gehen, habe ich gesagt, aber ich hole doch das Fahrrad aus dem Schuppen.

Auf dem Klinkerweg steuere ich im Dunkeln geschickt zwischen den Schlaglöchern durch, zum Zoom, hinter dem das Dorf anfängt. Dort brennen die Straßenlaternen und dort muss irgendwo auch Mutter sein. Seitdem sie in der Großen Kirche vor mir davonlief, bin ich zwei Mal im Dorf gewesen, und beide Male habe ich gespürt, dass sie da war. Vielleicht habe ich ihr Angst gemacht, weil ich ihr so wild hinterhergestürmt bin. Es wird bestimmt lange dauern, bis sie sich traut, zu mir zu kommen, aber ich habe Geduld.

Ich folge dem Zeeweg mit seinen trägen Schleifen, vorbei an der Kreuzung beim Rathaus, bis zu einer schmalen Straße hinter der Badstraat. Da wohnt Tante, in einem kleinen Haus mit einem merkwürdig runden, lauernden Fenster direkt unterm Dach. Ich gehe hintenherum, durch die Gasse.

Als ich mit dem Vorderrad das Tor aufstoße, sehe ich Tante am Fenster der hinteren Stube sitzen, im Lichtkreis der Lampe, die Hände an die Schläfen gedrückt. Sie liest. Mit dem Fahrrad an der Hand bleibe ich stehen, beobachte sie eine Weile und tippe mit der Schuhspitze gegen die Platten. Das Geräusch hüpft über den Hof, doch sie hört es nicht. Sie reagiert auch nicht, als ich ihr wild zuwinke. Erst als ich kräftig am Fahrrad rüttle, sodass das Schutzblech klappert, sieht sie zerstreut auf und dreht das Gesicht zum Fenster. Dann lacht sie. Ich stelle das Rad an den Zaun und gehe in die Küche.

»Da bist du ja, mein lieber Junge.«

Ich hänge die Jacke über einen Küchenstuhl und setze mich zu ihr an den Tisch.

»Wie geht es zu Hause?«, fragt sie ernst.

»Gut«, sage ich, aber ich mache ein genauso bedrücktes Gesicht wie sie.

Sie sei froh, dass ich vorbeikomme, sagt sie. Sie findet

den Streit mit Lisa unangenehm, aber sie konnte nicht anders. »Es ist falsch, was dein Bruder macht, in wilder Ehe leben, und noch dazu mit so einem frechen Luder.« Sie hofft, Stijn sieht das auch bald ein. Mehr will sie darüber nicht sagen. Ich soll nur oft zu Besuch kommen. Dann geht sie in die Küche, um mir einen Kaffee zu holen.

Dabei erzählt sie von ihrem Besuch bei Opa Meyvogel in De Wilbert heute Nachmittag. Ich bin schon eine Weile nicht mehr bei Opa gewesen. Das letzte Mal war ich mit Mutter zusammen bei ihm, an ihrem Geburtstag. In einer Ecke des hohen, hallenden Saals saß Opa in seinem alten Rauchsessel, aber seine leeren Augen sahen uns nicht mehr. Er sah nur noch Leute von früher, Tote, die auf einen Sprung vorbeikamen und zu denen er unverständliche Dinge sagte.

»Es geht bergab mit ihm«, sagt Tante, während sie mit einem Tablett ins Zimmer kommt. »Man darf es nicht sagen, aber ich hoffe, dass der Herr ihn schnell zu sich ruft.«

Vielleicht muss Opas Gedächtnis erst ganz leer sein, bevor er in ein anderes Leben oder in den Himmel eingehen kann.

Tante stellt eine Tasse vor mich hin und schiebt mir die Keksdose zu. »Nimm nur. Nimm ruhig zwei. Isst du auch genug? Sie kocht doch wohl jeden Tag für euch?«

Ich frage mich, ob ich ihr erzählen soll, dass Stijn weg ist. Aber wenn sie dann wissen will, warum, muss ich lügen.

Ich trinke einen Schluck Kaffee. »Darf ich dich was fragen? Hast du lange für Meneer Bender gearbeitet?«

Sie runzelt die Stirn und faltet die Hände. »Ob ich lange für ihn gearbeitet habe«, wiederholt sie, als hätte sich jemand zu uns an den Tisch gesetzt. Sie seufzt. »Alles zusammen genommen eine ganze Menge Jahre. Deine Mutter auch, denn das Haus an der Meerburgkade war viel zu groß, als dass man das Saubermachen alleine hätte bewältigen können. So hat sie deinen Vater kennen gelernt. Der hat damals als Chauffeur bei Meneer Bender angefangen, aber das weißt du ja sicher.«

Jetzt, da sie über früher redet, setzt sie sich aufrecht hin, um ihrer Stimme und ihrem Gedächtnis mehr Raum zu geben. »Ich sehe deinen Vater noch vorbeifahren«, sagt sie. »In einem blitzend schwarzen Auto, im feinen Anzug.« Dann erzählt sie, wie gut Meneer Bender zu Vater gewesen ist. Dass er dafür gesorgt hat, dass Vater abends die Handelsschule besuchen konnte. Dass er ihm später eine Stelle im Büro der *Rijnlandse Courant* gab, deren Besitzer er war.

»So ein gescheiter Mann. Und so lebenslustig.«

Tante Dien sagt, dass das Büro von Meneer Bender fast genauso aussah wie Vaters Arbeitszimmer. Der gleiche Holzfußboden und die gleiche Bücherwand.

Ein Vater für Vater, denke ich.

»Hatte er selber auch Kinder?«

»Wie meinst du das, ›Kinder‹? Er war nicht mal verheiratet. Er war nicht der Mann dafür — wie soll ich das sagen. Er war zu rastlos, um ein treuer Ehemann zu sein,

das lag nun einmal nicht in seiner Art. Ich muss dir geste-
hen, dass ich mir große Sorgen gemacht habe, als ich
merkte, wie sich deine Mutter immer mehr zu ihm hin-
gezogen fühlte.«

Ich weiß nicht, was ich davon halten soll.

»Und Vater?«, frage ich vorsichtig.

»Oh, das kam ja erst viel später. Sie wusste, dass dein
Vater, er auch, verrückt nach ihr war, schon vom ersten
Augenblick an, als er sie kennen lernte, aber ihre Augen
haben sich erst nach der Befreiung für ihn geöffnet. Da
war sie etwas älter und klüger.«

Tante Dien hat nicht gemerkt, dass Kitty auf ihren
steifen Pfoten ins Zimmer getrottet ist. Die alte Katze
rollt sich neben dem Gasofen ein und fängt an, sich zu
putzen, und kaut an den Krallen. »Sie hatte deinen Vater
damals schon ein paar Jahre nicht mehr gesehen. Nicht
seit Meneer Bender untertauchen musste.«

Untertauchen. Ein merkwürdiges Wort. Als würde
man sich ins Meer gleiten lassen, um sich auf dem Grund
zu verstecken … Früher dachte ich, dass auf dem Friedhof Menschen unter der Erde wohnen. Schlecht gelaunte
Menschen, die nichts mehr mit den Menschen über Tage
zu tun haben wollen. Man musste ganz still sein und
durfte nicht auf die Gräber zeigen, sonst machte man
sie wütend, und dann konnten sie nach oben kommen
und es einem heimzahlen. Irgendwann würde auch ich
schlecht gelaunt und bösartig werden. Von einem Tag auf
den anderen, genauso wie Oma Meyvogel, die man rasch
mit dem Leichenwagen weggebracht hatte. Das Gleiche

würde einmal mit Mutter und Vater geschehen. Mit Stijn und mit jedem. Sterben passiert allen Menschen.

»Wohnte Meneer Bender hier allein? Gab es keine Verwandten in der Nähe?«

»Nicht in Zeewijk. Er kam ursprünglich aus Zwolle. Es gab noch einen Bruder, aber nach einem Streit hat er jeden Kontakt mit ihm abgebrochen.«

Tante schaut auf einmal starr auf die Wand. Sagt, dass Mutter anscheinend vor nicht allzu langer Zeit noch einen seiner Verwandten im Geschäft gehabt hat. »Im Sommer war das, ein paar Wochen, bevor sie – verschieden ist.« Ein Mann kam ins Geschäft, der sie stark an Meneer Bender erinnerte. Die gleichen dunklen Augen und Locken. Er stand lange im Laden herum und schaute sich alle Bilder an. Dann hat er sich ausführlich mit Mutter über einen berühmten Maler unterhalten, der hier früher gewohnt hat.

»Jan Toorop«, sage ich.

Tante geht nicht darauf ein. »Gleich nachdem der Mann gegangen war, rief sie mich an. Sie war ganz verstört. Plötzlich seien alle ihre Erinnerungen wieder da gewesen, sagte sie.«

Tante greift in das Tischtuch. »Ich bin früher vielleicht zu hart zu deiner Mutter gewesen. Aber sie war noch so jung und empfindsam, als wir zusammen in diesem großen Haus arbeiteten. Meneer Bender war ziemlich viel älter; ich wusste nicht, ob er es ernst meinte. Er war doch von einem anderen Schlag als unsereins. Und er war Jude. Darauf konnte kein Segen ruhen.«

So wie mit Stijn und Lisa. Das ist auch falsch, aber Stijn muss das erst noch einsehen.

»Wenn ich daran denke, wie traurig deine Mutter war, als Meneer Bender untertauchen musste … Wir dachten ja, dass er nach England entkommen sei. Das hatte er sie glauben lassen, damit sie sich keine Sorgen machte. Erst nach der Befreiung erfuhren wir, was ihm passiert war. Sie haben ihn verraten. Er hat übrigens all die Zeit hier in der Gegend gewohnt. In Warsenhout.«

Warsenhout. Da hätte Vater die Gemälde hinbringen sollen.

Tante holt ein zerknülltes Papiertaschentuch hervor und schnäuzt sich die Nase, sagt, dass alles geht, wie es gehen soll. Gottes Wege sind nicht unsere Wege. Mutter war für Vater bestimmt, aber zu SEINER Zeit. »Wundersam, wie sich der Herr manchmal offenbart. Wie ER doch alles noch zum Besten lenkt.«

Ich schiebe die Tasse zur Seite. Um Tantes Erinnerungen nicht mehr hören zu müssen, gehe ich aus dem Zimmer und setze mich aufs Klo. Sobald ich die Augen schließe, wird innen alles taub.

SEI NICHT SO NERVÖS, du machst dich nur verrückt. Ich wiege Mutters Kleid in den Armen und summe dabei. Wenn Stijn nur nicht mit Tante redet oder Tante mit Stijn. Wenn alle nur ihren Mund halten.

Als ich nach Hause kam, bin ich sofort laut stampfend die Treppe hinauf und habe das Kleid vom Dachboden geholt. Ich habe mich damit hier im hinteren Zimmer auf den Boden gesetzt, denn das Tonbandgerät hatte das Band erst zur Hälfte gelöscht. Hier habe ich lieber kein Licht. Die Stehlampe im Wohnzimmer ist hell genug. Das Radio läuft. Ich sollte einen anderen Sender suchen, denn schon eine ganze Weile wird keine Musik mehr gespielt, nur wie ein Wasserfall geredet. Ich verstehe kaum etwas von den Radiostimmen, obwohl sie trotz ihres hektischen Geredes ihr Bestes tun, mich von ihrem Standpunkt zu überzeugen. Es ist wie früher, wenn sich Vater und Mutter hinter geschlossenen Türen stritten und ich oben an der Treppe zuhörte. Indem ich die Hände über die Ohren lege und mit ihnen fächle, verwandle ich die aufgeregten Stimmen *wa, wa, wa* in Sprechgesang, aber dieses Mal hört es sich ganz und gar nicht lustig an. Vater redet viel zu laut. Er redet so laut, weil er Angst hat. Er hat unheimliche Angst vor dem Mann, mit dem Mutter im Geschäft gesprochen hat und der seinen Mund nicht halten wird. Viel getrunken hat Vater auch, was er sonst nie macht. Ratlos läuft er aus dem Haus, zum Klinkerweg, um noch einmal lebensgefährliche Dinge in Warsenhout zu tun. Ich will ihn zurückhalten; wenn ich die Augen zukneife, sehe ich, wie er die Richtung ändert und in die Dünen geht, zum Strand. Da, bei Skuytevaert stiehlt er ein Ruderboot. Er zieht sich aus und schleppt das Boot ins Wasser. Mutter ist ihm, benommen vom Wein, gefolgt. Vater hilft ihr ins Boot und rudert mit ihr weg – immer weiter vom Strand weg, zu weit, um zurückschwimmen zu können. Er lacht laut, obwohl er sich keinen Rat mehr weiß. Dann zieht er die Ruder ein und stellt sich ganz vorne hin, um ihr sein großes Geheimnis zu enthüllen. Aber sein Mund sagt etwas anderes. Er zeigt neben dem Boot auf eine Stelle, wo in großer Tiefe das römische Fort liegt, das sogar Sonaraugen nicht orten konnten. »Da liegt es!«, ruft er. Er lässt das Ruderboot schrecklich schaukeln, und Mutter schreit laut auf vor Angst, in blinder Panik versucht sie, ihn abzuwehren. Jetzt wird mir klar, dass es stimmt, was laut Stijn in dem Polizeibericht behauptet wurde. »Verletzungen aufgrund eines Kampfes.« Es waren ihre Zähne, die ihre Spuren in seiner gebrochenen Hand hinterlassen haben. Ihre Fäuste haben die blauen Flecken auf seiner Brust verursacht.

»Still nur, Mama, still nur.«

Ich wiege sie weinend hin und her.

Als ich aufschaue, ist sie aus dem Dunkel zum Vorschein gekommen. Sie steht am Fenster, plötzlich ganz nah. Gerührt lasse ich das Kleid los. Ich denke, dass sie gekommen ist, um mich zu beruhigen, aber ihr Gesicht ist bleich und verzerrt, als hätte sie Schmerzen. Ich sehe, wie ihre Lippen sich bewegen. Wegen dem, was sie mir zu sagen hat, traut sie sich nicht, mich anzusehen. Niedergeschlagen dreht sie sich um und verschwindet vom Fenster.

Ich springe auf und laufe ihr nach.

Zuerst ist sie nirgends zu sehen. Auf gut Glück renne ich zum Klinkerweg, Richtung Dünen.

Sie ist schon beim Wasserturm, als ich sie endlich wieder entdecke. Ich flehe sie an stehen zu bleiben, aber weit vor mir eilt sie immer tiefer in die Dünen hinein. Ich komme nicht mit und bleibe immer mehr zurück. Sie verschwindet hinter den Sträuchern am Dovedel, taucht noch einmal in noch weiterer Ferne wieder auf. Unbeirrt huscht sie um die nächste Düne. So folge ich ihr, Düne um Düne, dabei strauchle ich ständig und rufe mit berstenden Lungen nach ihr, bis ich sie hinter der Vrieze Wei aus den Augen verliere.

Verzweifelt suche ich die Umgebung ab. In der finsteren Nacht sehe ich nur die Dünengipfel, die sich gegen den kohlenstaubfarbenen Himmel abzeichnen. Die Kälte dringt beißend durch meine Kleider. Ich darf nicht aufgeben, ich muss sie finden, bevor sie enttäuscht und traurig für immer in ihr neues Leben entschwindet. Ich falte die Hände und versuche mir ein Gebet für Gott auszudenken, aber in der Aufregung finde ich keine Worte.

Denk nach. In welche Richtung kann sie gelaufen sein?

Nicht nach Persijn, denn das ist zerstört, Gott hat es mir gestern Nacht gezeigt — das furchtbare Flirren und Knistern von Zehntausenden Heuschrecken, die aus dem Boden krochen und im Birkenwald einen glänzenden, lebenden Teppich bildeten. Sie bedeckten die Stämme und hingen in Trauben an den Ästen. Unter dem ohrenbetäubenden Geknister ertönte eine Stimme, die mir bekannt vorkam und die die Heuschreckenlegion in ihrer Macht hatte. Sie brüllte Anschuldigungen, die ich nicht verstehen konnte, die aber, wie ich wusste, schrecklich waren. Jeden Moment konnte der ganze Schwarm auffliegen und sich wie eine riesige Wolke klopfend und scharrend gegen mein Schlafzimmerfenster ausregnen.

»Mama, wo bist du?«

Ich flüstere es dem Wind zu. Dann in die entgegengesetzte Richtung und dann in alle Himmelsrichtungen.

Der zunehmende Mond segelt hinter den Wolken hervor. In der bleichen Glut leuchtet hinter dem Horizont die Koepelduin auf. Plötzlich weiß ich, wohin Mutter gegangen ist: zum Meer dahinter. Dankbar lege ich die Hand an den Mund und renne los. Zurück zur Vrieze Wei, dann den aufgewühlten Schleichpfad hinauf, der sich zwischen Weihern und Tümpeln zur Koepelduin schlängelt. Ständig trete ich in Löcher und falle; ab und zu muss ich stehen bleiben und mir die schmerzende Seite halten, wie ein Ertrinkender ringe ich nach Atem.

Als ich die Koepelduin erreiche, klettere ich auf allen vieren hinauf. In großen Sprüngen renne ich auf der anderen Seite wieder hinunter. Etwas weiter, über der Spitze der letzten jungen Düne, ragt endlich das Meer auf.

Sobald der Strand in Sicht kommt, sehe ich sie. Sie steht vor der Brandung und hebt etwas auf, das sie fallen gelassen hat, einen Kieselstein, den sie auf ihrer Flucht aus Persijn gefunden hatte. Sie streichelt ihn auf der Handfläche, wirft ihn dann über die Schulter weg. Ich habe es geschafft, es ist noch nicht zu spät.

Ich bin so erschöpft, dass ich nicht einmal mehr rufen kann; ich lasse mich die Böschung der letzten Düne hinuntergleiten, humple auf den Strand und knie mich hin, um zu verschnaufen.

Sie winkt, als sie mich sieht, und Tränen treten mir in die Augen. Ich muss erst wieder zu Atem kommen. Mein Gesicht glüht, ich würde umfallen, wenn ich aufzustehen versuchte. Sie ruft nach mir, doch ihre Stimme wird vom Lärm der Brandung übertönt. Dann zeigt sie auf etwas, ich sehe ein Ruderboot, das heftig auf den Wellen schaukelt. Sie winkt und geht ins Meer hinein. Als sie das Boot erreicht, steht sie bis zu den Hüften in den Wellen und klopft auf den Bug. *Komm*, sagen ihre Lippen zu mir. Gehorsam rapple ich mich auf. Hinter mir höre ich ängstliche Stimmen aus den Dünen dringen und nach mir rufen. Vertriebene Ausgestoßene von Persijn.

Nicht hinhören. Eine Welle spritzt an meine Füße, und ich lache, strecke die Arme nach Mutter aus. »Wo ist Vater?«, rufe ich. Sie legt eine Hand ans Ohr und schüttelt den Kopf, zum Zeichen, dass sie mich nicht verstanden hat. »*Va-ter!*«, schreie ich gegen die Brandung. Sie zeigt auf eine Stelle weit draußen und zieht sich ins Boot hoch.

Das Wasser ist kalt. Zitternd reibe ich mir die Arme. Etwas weiter ist das Meer bestimmt wärmer. Aber hinter mir schreien die Stimmen wieder, und auf einmal erinnere ich mich an das Tonbandgerät unter meinem Bett. Mein Buch ist gelöscht. In Gedanken sehe ich, wie das Ende des Bandes von der Spule springt und gegen die Bandführung schlägt, mitgezogen wird, wieder gegen die Bandführung schlägt, immer im Kreis herum. Und niemand, der es stoppt.

Als ich aufblicke, ist sie verschwunden.